# Les Jaunes et les Rouges

ou

## *L'Ecole sans Dieu*

Emile FLOURENS
*Ancien ministre*

# Les Jaunes et les Rouges

ou

## l'Ecole sans Dieu

DRAME EN CINQ ACTES ET CINQ TABLEAUX

PARIS
IMPRIMERIE TÉQUI ET GUILLONNEAU
3 *bis*, RUE DE LA SABLIÈRE

AUX JAUNES

VICTIMES DES GRÈVES

ET

A P. BIÉTRY, *leur chef.*

FLOURENS.

*Le 30 Août 1909.*

# PERSONNAGES

DE MÈCHE, *préfet.*
LÉGRILLARD, *sous-préfet.*
LATRUFFE, *procureur de la République.*
PAPEGOL, *maire.*
PLOUBALET, *instituteur.*
RUINART, *huissier.*
LEBON, *curé.*
LEBLOC, *industriel.*
LINON, *industriel.*
Robert LINON, *étudiant.*
LAMARCHE, *clerc d'huissier.*
JACOB, *antiquaire.*
LÉVY, *brocanteur.*
ISAIE, *chauffeur.*
ASPIC, *cabaretier.*
LEFLICMANCEAU, *commissaire de police.*

REBOUL, *capitaine de hussards.*
MICHEL, *lieutenant.*
RÉMY, *sous-lieutenant.*
LABARBE, *capitaine d'infanterie.*
Ernest LEBLOC, *lieutenant.*
FRANCISQUE, *sous-lieutenant.*

Mme LÉGRILLARD, *sous-préfète.*
Mlles Lucie PAPEGOL, *fille du maire.*
Adèle LINON, *fille de l'industriel.*
Joséphine ASPIC } *filles du cabaretier.*
Julie ASPIC }

*Gendarmes, soldats d'infanterie et de cavalerie, agents de police, ouvriers et paysans des deux sexes, enfants.*

# LES JAUNES ET LES ROUGES

## ou l'École sans Dieu

### PREMIER ACTE

### L'Inventaire

La scène représente la place du village. Au fond, en face des spectateurs, l'Eglise ; à droite, la mairie ; à gauche, le presbytère.

Des groupes d'ouvriers et de soldats stationnent ou circulent en parlant avec animation.

#### SCÈNE PREMIÈRE

PREMIER HUSSARD

Si c'est pas stupide ! Le Gouvernement poursuit ceux qui attaquent l'armée et il travaille à nous faire détester des populations.

2e HUSSARD

Ce n'est pas pour faire cette besogne que je me suis engagé.

3e HUSSARD

Charger contre des hommes désarmés, des femmes et des enfants ! Quel métier !

4e HUSSARD

Taisez-vous! Voilà le lieutenant Lebloc qui passe, il va vous coller sur sa fiche.

PREMIER HUSSARD

Le lieutenant Lebloc, je m'en moque. Il n'est pas de notre régiment.

3e HUSSARD

Il n'est pas seulement de la cavalerie. S'il s'approche pour écouter, je lui casse la gueule.

4e HUSSARD

Cela n'empêche pas qu'avec ses fiches, il a fait démissionner deux officiers et rétrograder trois sergents.

2e HUSSARD

Joli métier! Dire qu'il y a des saligots comme cela dans l'armée française et que de braves gens sont obligés de leur obéir.

(Les hussards s'éloignent en causant, pour éviter le lieutenant Lebloc.)

## SCÈNE II

Des ouvriers et des soldats sortent du cabaret où ils viennent de boire ensemble.

PREMIER OUVRIER

Prenez, camarades, prenez des *Manuels du soldat*! Il y en a pour tous. Quand vous lirez le camarade Hervé, vous verrez quelle honte c'est pour le soldat de tirer sur son frère l'ouvrier. Les patrons sont trop durs ici pour nous, nous sommes exploités, c'est une pitié. Cela ne peut pas durer ainsi. Une grève va éclater et le gouvernement vous fera marcher contre nous. C'est pour vous faire la main, pour vous habituer à tirer sur des Français qu'on vous fait tirer aujourd'hui sur des corbeaux. Je fais de la propagande tant que je peux. Il ne faut pas me trahir et me livrer aux chefs, ils me jetteraient au bloc et j'ai femme et enfants.

PREMIER LIGNARD

Sois tranquille, mon vieux, il n'y a pas de francs-maçons parmi nous.

L'OUVRIER

Nous sommes frères, faut pas nous égorger.

LE LIGNARD

Crois-tu que nous y allions pour notre plaisir, dans les grèves ?

L'OUVRIER

Faut tirer dans le dos des galonnés.

LE LIGNARD

Ils nous enverraient à Biribi, méditer sur ton cher Hervé ! Mais chut ! voilà le lieutenant Lebloc, bien sûr que j'aimerais mieux tirer sur cet oiseau-là que sur un ouvrier.

Ils s'éloignent.

## SCÈNE III

Robert LINON, le lieutenant FRANCISQUE.

ROBERT LINON, *apercevant le lieutenant Francisque.*

Ah ! te voilà ! Je te cherchais partout.

Ils se jettent dans les bras l'un de l'autre.

FRANCISQUE

Cher ami !

Il l'embrasse à plusieurs reprises.

ROBERT LINON

Comme tu y vas! En embrassant le frère, tu crois embrasser la sœur.

FRANCISQUE

Bien sûr. (*Se reprenant.*) Non, pardon, je ne sais plus ce que je dis, je suis tout ému. Mon cher Robert, c'est bien pour ton compte que je t'embrasse, en peux-tu douter?

ROBERT LINON

Je donnerais mon cheval alezan pour ne pas te voir ici.

FRANCISQUE

Moi, je donnerais la vie. J'ai été sur le point de rendre mon épée, car je ne me sens plus digne de la porter.

ROBERT LINON

Par quelle fatalité as-tu été désigné pour faire partie de la compagnie qui va prendre d'assaut notre église, ce vieux sanctuaire où nous avons été baptisés, où nous avons fait notre première communion ? Je nous vois encore en habits de premiers communiants tous les deux. Il me semble que c'est hier. Ne pourrais-tu te faire excuser, prétexter une maladie, te donner une entorse?

FRANCISQUE

Impossible. Tu oublies le fichard, il en est, il faut que j'en sois.

Il montre le lieutenant Lebloc à quelques pas.

ROBERT LINON

Il veut te perdre dans l'esprit de tes amis. C'est son gredin de père qui est cause de tout. On ne pensait pas à l'inventaire. Qu'est-ce qu'il y a à inventorier dans une pauvre église de village? Ce n'était pas son affaire. Il a réclamé pour se signaler à l'attention de l'Administration. A tout prix, il veut décrocher sa décoration pour se poser en grand industriel, pour l'attacher, comme enseigne, à sa boutique, et gagner encore plus d'argent. Il a chauffé le préfet à blanc, il a mis le pays sens dessus dessous et nous a jetés dans le pétrin.

FRANCISQUE

Si je le tenais, je lui ferais passer le goût des décorations. Mais comment ton père, ta mère, et surtout ta sœur, vont-ils prendre ma présence ici, dans un tel moment, et pour une telle opération? Je tremble, Robert, d'entendre ta réponse et, pourtant, j'en ai hâte.

ROBERT LINON

Ma sœur, tu sais combien sa dévotion est ardente et sincère. Ce sera pour elle un coup terrible. Comment le supportera-t-elle?

FRANCISQUE

Pitié !

ROBERT LINON

Mais elle t'aime tant, la malheureuse ! Après Dieu, tu es ce qu'elle aime le plus au monde. Je vais tâcher de la préparer et de lui présenter les choses sous le jour le moins triste.

FRANCISQUE

Je t'en conjure, sauve-la, sauve-moi !

ROBERT LINON

Laisse-moi le temps; dérobe-toi, Francisque, à ses regards; surtout qu'elle ne te voie pas avant que je l'ai prévenue.

Il se prépare à sortir, Francisque le retient.

FRANCISQUE

Ce pauvre abbé Lebon ! je t'en prie, Robert, prépare-le, lui aussi; fais-toi mon avocat auprès de lui. Il a été si pitoyable pour moi, enfant abandonné. Il m'a trouvé un père adoptif, le brave Francisque, vieux soldat qui m'a laissé son nom, il ne pouvait pas me laisser autre chose. Il a toujours veillé sur moi comme un tuteur diligent, il m'a fait donner de l'éducation, de l'instruction et m'a fait entrer à Saint-Cyr. Je lui dois tout et je lui paye ma dette en lui causant le plus grand chagrin qu'il puisse éprouver. Ah ! je suis un misérable, et je devrais me brûler la cervelle !

ROBERT LINON

Calme-toi.

FRANCISQUE

Il fallait donner ma démission et refuser de marcher. Je voulais le faire. Le capitaine m'en a empêché. Il m'a rappelé la discipline, le devoir envers la patrie, le respect de la loi. C'est ce que le curé, dès ma plus tendre enfance, m'a appris à vénérer par-dessus tout. « C'est, « m'a-t-il dit, ce qui doit être ta règle constante de conduite et ton guide dans la vie. » Je me suis laissé persuader. Je me suis trompé. Je m'aperçois qu'il est des lois si abominables, que leur infamie même défend de leur obéir. J'ai envie de fuir, de déserter, d'arracher mes épaulettes et de me faire fusiller par mes hommes.

ROBERT LINON

Je t'en conjure, calme-toi !

FRANCISQUE

Je ne me calmerai que si je vois l'abbé Lebon. Sa vue seule apaisera la tempête qui bouleverse mon cerveau. Je veux lui demander pardon. J'ai besoin de me jeter à ses genoux. Mais je ne veux pas le voir avant que tu ne l'aies préparé à la miséricorde. Sa vue est mon espoir. Je la souhaite et je la crains.

ROBERT LINON

Je vais le chercher et te l'amener ou t'amener à lui. En attendant, cache-toi. Si les ouvriers ou les paysans te reconnaissent, ta présence aussitôt deviendra l'objet des conversations, et ma sœur l'apprendra, à l'improviste; je craindrais alors le coup qu'elle recevrait.

FRANCISQUE

Sois tranquille. En ce moment, j'ai besoin d'être guidé, et je suivrai tes conseils.

Ils s'éloignent.

## SCÈNE IV

### LÉVY, JACOB et ISAIE

JACOB

Je connais mon métier et je suis sûr de ce que je vous dis.

LÉVY

Comment! c'est dans cette église de village que se trouve la fameuse Vierge en argent dont on a tant parlé et qu'on croyait perdue?

JACOB

Oui, puisque je te le dis. Je l'ai vue et soupesée de l'œil dans la tournée que j'ai faite en prévision des inventaires et des bénéfices qu'ils doivent nous rapporter.

LÉVY

Dans ton estime, qu'est-ce qu'elle vaut ?

JACOB

Dans mon estime, elle peut bien valoir, pour nous autres, du métier, au bas mot 25 à 30.000 francs. Un amateur français l'achèterait facilement 50.000 francs et un Américain la paierait 100.000. Elle est du xv^e siècle. Le travail est d'un fini merveilleux.

LÉVY

C'est une affaire à suivre de très près. Il faut la faire porter dans l'inventaire au prix le plus bas et écarter les concurrents.

ISAÏE

Pourquoi remettre à demain ce que l'on peut faire aujourd'hui? Pourquoi payer, toujours trop cher, ce que nous pouvons prendre pour rien ?

LÉVY ET JACOB, *d'un même cri.*

Pour rien !

ISAÏE

Sans doute. Dans la lutte violente et désordonnée qui va s'engager entre les soldats et les paysans, personne ne s'occupera de la statue. J'ai un cric dans l'auto. En un instant, je la descelle et nous l'enlevons.

JACOB

Bravo ! C'est une idée, une fameuse idée.

LÉVY

Nous ne sommes pas assez nombreux. Il faut agir très rapidement. Il faut la lever, l'emporter dans nos bras, couverte d'un drap, comme un blessé, et qu'on ne se doute de rien.

JACOB

Il y a une porte dérobée, derrière l'autel à gauche. Elle s'ouvre du dedans. Par là, nous sortirons sans être remarqués.

LÉVY

Je te dis que nous ne sommes pas assez nombreux. Si, à trois étrangers, nous opérons seuls, nous pouvons éveiller la méfiance. Il nous faut au moins quelqu'un du pays pour écarter les soupçons et expliquer que c'est un blessé que nous portons à domicile.

JACOB

Il ne nous manque donc qu'un copain.

LÉVY

Nous n'en avons pas.

ISAÏE

Avec de l'argent on peut en trouver!

LÉVY

Tu crois?

JACOB

*Il aperçoit Lamarche qui traverse la place.*

Juste, voilà un garçon dont la mine me revient.

## SCÈNE V

Les Mêmes, plus LAMARCHE.

JACOB

Pardon, jeune homme, de vous importuner ! Nous sommes des étrangers qui voyageons pour nous distraire. N'y a-t-il pas ici un endroit où nous pourrions nous amuser en bonne compagnie, comme vous par exemple?

LAMARCHE

Pour s'amuser, messieurs, le lieu n'est pas propice. C'est ici un vieux bourg, perdu dans les terres, où l'on mène une vie de bonnet de nuit. Je m'y ennuie, moi qui ai l'honneur de vous parler, comme une croûte de pain derrière une malle, surtout depuis que les ouvriers passent leurs journées à détonner leur *Internationale*, triste comme un enterrement, et les femmes à chanter des cantiques qui ne sont pas plus gais. Je voudrais m'en aller à tout prix, et je regarderais comme un sauveur celui qui m'offrirait du pain ailleurs, n'importe où.

JACOB

Pourtant, voyez tout ce monde sur la place et dans les rues? Le village a l'air fort animé.

LAMARCHE

Vous ne savez donc pas que c'est aujourd'hui qu'on va faire l'inventaire? Dans cette vieille église que vous voyez, il paraît qu'il y a des objets précieux, d'aucuns disent même très précieux. Moi je n'en sais rien, je ne mets jamais les pieds dans ces lieux-là. Le préfet, qui en a envie, est venu avec des soldats pour les emporter ou au moins pour les mettre sous séquestre. Le curé, qui veut les garder, a rassemblé tous ses fidèles, hommes et femmes, pour les défendre. Ils vont se battre. Je vous réponds qu'il y aura des horions échangés dans la maison du bon Dieu comme ils disent. Moi, je ne m'en mêle pas. Que ce soit le préfet qui les prenne, que ce soit le curé qui les garde, je suis sûr qu'aucun des deux ne me fera part du butin.

JACOB

C'est drôle, savez-vous, votre histoire du préfet et du curé qui vont se battre pour des chandeliers d'église? Nous autres, qui sommes étrangers, nous ne voyons pas de ces choses-là dans notre pays. Mais nous ne comprenons peut-être pas bien. Venez donc avec nous prendre une bouteille de bon petit vin blanc! Nous nous expliquerons mieux.

## SCÈNE VI

Adèle LINON, Lucie PAPEGOL, Joséphine et Julie ASPIC.

JOSÉPHINE

Mademoiselle, je vous en prie, rentrez chez monsieur votre père! Qu'est-ce que vous allez faire au milieu de ces soldats, de ces hommes avinés?

ADÈLE

On me dit que c'est la compagnie de Francisque qui vient violer notre Eglise.

LES TROIS JEUNES FILLES

Nous n'avons pas vu Francisque.

ADÈLE, *à un soldat.*

Monsieur, pourriez-vous me dire si vous appartenez à la compagnie du sous-lieutenant Francisque ?

LE SOLDAT

Oui, mademoiselle, c'est notre sous-lieutenant.

ADÈLE

Est-il venu ici ?

LE SOLDAT

Oui, mademoiselle.

Adèle tombe évanouie entre les mains de ses amies, qui, aidées de quelques paysannes, la portent au domicile de son père.

## SCÈNE VII

On entend des roulements de tambour et des sonneries de clairon.

Entre le maire Papegol ceint de son écharpe et précédé de l'appariteur communal.

PAPEGOL

Rangez-vous tous, voilà M. le Préfet !

Nouveaux roulements de tambour.

Les soldats se rangent des deux côtés pour former la haie.

Le préfet s'avance, il est en grand uniforme et suivi des fonctionnaires civils et judiciaires également en grand uniforme.

Devant le préfet marchent les gendarmes, derrière les agents de police et les pompiers.

Cependant le toscin sonne à toute volée pour appeler les défenseurs de l'Eglise qui se serrent en rangs pressés autour de l'édifice.

Un moment de silence.

LE PRÉFET, *au commissaire de police.*

Faites avancer les chefs militaires, M. le capitaine Reboul et M. le capitaine Labarbe.

Les deux capitaines s'approchent du préfet qu'ils saluent.

LE PRÉFET

Salut, messieurs. (*Leur montrant les défenseurs de l'Eglise.*) Par acquit de conscience, je vais encore une dernière fois, adresser la parole à ces énergumènes, essayer de leur faire entendre raison. Je sais, par avance, que j'échouerai. Alors il va falloir enlever la bicoque. Préparez-vous à la prendre et à disperser les récalcitrants en un tour de main. C'est la dernière forteresse de la superstition et de la réaction qui va succomber. Avez-vous vos hommes dans la main?

REBOUL

Nous répondons de nos hommes.

LE PRÉFET

Il faut prévenir vos troupiers qu'ils auront des horions à recevoir. Les hommes sont des têtes de bois et les femmes des têtes de pierre. Qu'ils ne craignent pas de taper dessus.

REBOUL

La troupe agira, comme elle le fait toujours, dans les malheureuses circonstances où elle se trouve en collision avec la population, avec fermeté mais avec modération.

LABARBE

Et sans enthousiasme.

LE PRÉFET

M. le commissaire de police Leflicmanceau vous précédera, secondé par les gendarmes et les agents de police, vous leur prêterez main-forte. Suivez-les pas à pas et obéissez, en tout, à leurs instructions. — M. le Procureur de la République est là pour ordonner les arrestations et prendre les réquisitions nécessaires. — M. l'huissier Ruinart dressera l'inventaire.

(*Le préfet se retourne alors vers la foule, qui a rempli la place.*)

Citoyens, je vous requiers tous d'obéir à la loi et, au besoin, de lui prêter main-forte!

Des cris de « vive le Préfet », « vive la République » se font entendre, auxquels répondent, de la part des défenseurs de l'Eglise, des cris de « vive la liberté », « vive le Christ ». Au fond de la place, les ouvriers entonnent l'*Internationale*.

Leflicmanceau s'avance au milieu d'un tumulte assourdissant de cris entre-croisés; il fait les sommations.

## SCÈNE VIII

La porte de l'Eglise s'ouvre et l'abbé Lebon paraît sur le seuil, entouré de son clergé, de son conseil de fabrique, des notables de la paroisse, d'hommes et de femmes de toute classe.

LE CURÉ

Monsieur le commissaire...

LE PRÉFET, *s'avançant, l'interrompt.*

Ah ! vous voilà, monsieur le Curé! En vérité, je suis heureux de vous voir. Il faut cette circonstance exceptionnelle pour que j'aie la bonne fortune de vous rencontrer. Je me suis présenté à votre presbytère. J'ai trouvé la porte barricadée. Vous n'aimez pas les visites de l'Administration. Pourtant, deux mots d'explications courtoises auraient épargné cette mise en scène que, pour mon compte, je déplore. La force publique n'aurait pas eu à se déplacer et les citoyens seraient restés paisiblement à leur travail journalier qui est leur gagne-pain.

Il s'agit d'une mesure conservatoire, prescrite par le texte formel de la loi à qui, grands et petits, nous devons obéissance, ordonnée dans l'intérêt de tous, dans l'intérêt de l'Eglise elle-même autant que dans l'intérêt de la commune ou de l'Etat. Elle ne préjuge rien, elle ne préjudicie à personne. Elle a pour but de sauvegarder le bien de chacun. Elle empêche les détournements qui seraient des délits, elle prévient les accusations téméraires de détournements qui seraient de nouvelles sources de divisions dans une société déjà trop troublée.

Toute opposition serait sans excuse, d'abord parce qu'impuissante, ensuite, parce qu'elle ne pourrait se justifier par aucun motif avouable. J'espère donc, monsieur le Curé, que vous allez user de votre influence sur ces braves gens pour leur persuader de retourner chez eux et de laisser l'Administration, contradictoirement avec votre fabrique, procéder en paix à l'accomplissement de leur devoir réciproque.

LE CURÉ

Ce n'est pas moi, monsieur le Préfet, qui ai convoqué ici ces braves. Ce sont eux qui sont venus spontanément. Leur culte est en danger; d'instinct, ils se serrent autour de leur pasteur pour le défendre en commun. Je ne les retiens pas. Je conseille à ceux qui hésitent de s'éloigner. Je ne leur ai pas dissimulé et je leur répète... ils mettent en péril leurs libertés et leurs vies, leurs personnes et leurs biens. En restant, sachez-le, monsieur le Préfet, ils obéissent à la voix de leur conscience qui parle plus haut dans leur cœur que toute considération mondaine, que la voix même du prêtre. Je leur commanderais de s'éloigner qu'ils ne m'écouteraient pas.

VOIX NOMBREUSES DES DÉFENSEURS DE L'ÉGLISE

Non, nous voulons rester. Nous voulons défendre notre Eglise. Nous ne laisserons pas les contempteurs du Christ pénétrer dans son temple pour insulter à ses douleurs... Nous ne laisserons pas souiller les vases sacrés par les mains du commissaire-priseur. Nous ne laisserons pas profaner l'autel, nous ne laisserons pas violer le tabernacle.

LE PRÉFET

C'est de la folie pure !

LE CURÉ

Non, monsieur le Préfet, ce n'est pas de la folie, c'est un sentiment que vous ne comprenez pas, vous qui avez été élevé à l'école sans Dieu, vous qui avez été instruit à mépriser ce que nous adorons, à haïr ce que nous aimons, à nier ce qui remplit nos âmes de joie, d'espérance et de charité. Vous ne le connaissez pas ce Dieu que vous chassez de partout, de nos écoles, de nos asiles, de nos hôpitaux, que vous venez ici braver jusque dans sa demeure et dépouiller de son bien, car ces objets que vous voulez inventorier, comme les meubles d'un débiteur failli que l'on vend à l'encan, d'un mort dont les héritiers se disputent les hardes, ils lui appartiennent et ils n'appartiennent qu'à lui, c'est à lui qu'ils ont été donnés par la piété des vivants, par le vœu suprême des mourants. Vous ne savez pas combien ce Dieu a été bon et pitoyable pour nous, dans toutes les misères de la vie. Vous ne savez pas, qu'après s'être offert en sacrifice pour le rachat de nos âmes, il nous assiste encore dans tous les actes de notre existence, il nous secourt dans nos misères, il nous console dans nos afflictions, il nous relève dans nos chutes. Il inspire à nos cœurs endoloris la foi et l'espérance qui nous rendent la force de lutter contre l'adversité et de vaincre la fortune ennemie, la charité qui nous fait secourir nos semblables en dépit de leurs torts envers nous, l'amour de la patrie même ingrate, l'obéissance au gouvernement même injuste, dès que ses prescriptions respectent la loi divine.

Vous ne comprenez pas ce sentiment, monsieur le Préfet, et pourtant il a fait la grandeur et la force des peuples qui l'ont conservé et ceux qui l'ont perdu sont tombés dans la décadence et dans la servitude, et ceux qui l'ont foulé aux pieds sont restés l'opprobre des générations.

LE PRÉFET

Nous n'attaquons pas votre Dieu, qui est immatériel, dites-vous ; qu'il règne, en paix, dans vos consciences, nous n'en avons cure. Mais ce bâtiment où nous voulons pénétrer, ces ustensiles que nous voulons inventorier, sont des objets matériels quelconques et, comme tous les objets matériels, ils tombent sous la juridiction du pouvoir temporel.

LE CURÉ

Non, monsieur le Préfet, cette Église n'est pas, et ne sera jamais, pour nous, un bâtiment quelconque. Ce sont nos pères qui l'ont édifiée, pierre à pierre, au prix de leurs sueurs. Dans les temps les plus durs, ils se sont privés du nécessaire pour élever une maison à leur Dieu et en faire le monument éternel de leur foi. Ce dépôt sacré, ils l'ont confié à leurs enfants. Nous avons reçu de nos aïeux la sainte mission de le protéger, nous n'y faillirons pas.

Ce mobilier du culte, ce n'est pour vous, monsieur le Préfet, que du bois, du linge ou du métal, sans signification, sans symbolisme profond et mystérieux. Pour nous, ces objets, indispensables à la célébration de nos cérémonies religieuses, consacrés par nos pontifes, ont, par l'effet de cette consécration, été transfigurés et sont passés du domaine des choses matérielles dans le domaine des choses divines. Nos pères se sont agenouillés devant ces autels, nous nous y sommes prosternés après eux, et nous avons reçu, dans la sainte communion, le corps même de notre seigneur. Vous allez les jeter au bûcher comme des vieux bois inutiles ou les livrer aux juifs qui insulteront encore une fois à celui qu'ils ont crucifié.

LE PRÉFET

Mais la loi, monsieur le Curé, la loi ! Vous n'oubliez que la loi, mais, ma parole d'honneur, vous l'oubliez totalement !

LE CURÉ

Vous dites que la loi est respectable, monsieur le Préfet, et vous avez raison. Mais les contrats solennellement consentis sont respectables aussi. Les traités au bas desquels la France a apposé sa signature sont, eux aussi, je pense, dignes de quelque respect. Le gouvernement a reçu du concordat certains avantages qu'il a estimé ne pas payer trop cher des quelques concessions chichement mesurées à l'Église. Ces avantages il les garde et, de par sa seule volonté, il prive l'Église du bénéfice des concessions octroyées en compensation. Contre un si flagrant abus de la violence, les spoliés se doivent de repousser jusqu'à la dernière limite, la force par la force.

En vertu de notre constitution et des principes qui président aujourd'hui aux destinées de tous les peuples civilisés, nous avons droit à la liberté de conscience. Une loi dont le but évident est de renverser de fond en comble la divine hiérarchie catholique, qui met le pape hors de l'Église de France, qui méconnaît non seulement son autorité mais jusqu'à son existence, ne saurait obliger des consciences chrétiennes. Jamais nous ne lui obéirons.

LE PRÉFET

Encore une fois, l'inventaire ne préjuge rien.

LE CURÉ

Vous affirmez, monsieur le Préfet, que cet inventaire est nécessaire pour l'établissement des droits de chacun au moment d'une séparation de patrimoines. Depuis des années, l'État a appesanti sa lourde tutelle sur nos biens. Il sait journellement, par sou, livre et denier, ce qui entre dans nos caisses et ce qui en sort. Il reçoit annuellement nos budgets et nos comptes, il les fait reviser par ses contrôleurs et apurer par sa cour des comptes. Il a la double clef de nos tiroirs et de nos coffres-forts, le détail estimatif de notre mobilier et l'état descriptif de nos immeubles. Qu'a-t-il à apprendre encore? Rien.

Non, monsieur le Préfet, écartons un mensonge indigne de nous, inventé pour tromper les esprits crédules et irréfléchis, en imposer aux populations et fausser l'opinion publique. Le gouvernement, après avoir brisé le pacte qui le liait à l'Église, lui signifie qu'il l'exproprie, qu'il la dépouille du domaine ecclésiastique dont il s'était proclamé le tuteur et le protecteur. Cet inventaire, c'est le premier acte de la confiscation. Ce n'est pas, comme vous le dites, un acte conservatoire c'est un acte spoliatoire. C'est l'acte du maître, qui, reprenant possession de sa maison, se fait rendre compte par le domestique, qui l'a occupée en son absence, de l'état où il la lui remet.

Céder, c'est reconnaître aux yeux du monde qui nous regarde, aux yeux de Dieu qui nous juge, que dans le temple du Seigneur, nous ne sommes que des passants sans titre et sans droit, que nous attendons docilement l'heure où il plaira à nos maîtres d'ordonner notre expulsion, de s'attribuer les biens meubles et immeubles de l'Église, ses donations, ses fondations, de voler les morts comme les vivants. C'est admettre qu'il est au pouvoir de législateurs de hasard, issus, pour la plupart, de la fraude et de la corruption, de dilapider ce patrimoine et de l'affecter aux usages que dicteront leurs caprices sacrilèges. C'est dire que Dieu, en France, ne sera plus qu'un vagabond, sans asile et sans toit. — Non, nous ne céderons pas !

CRIS VIOLENTS DES DÉFENSEURS DE L'ÉGLISE

Non, nous ne céderons pas !

LE PRÉFET, *il se tourne vers les fonctionnaires.*

En vérité, il faut avoir de la patience à revendre et du temps à perdre pour écouter ces insanités. Contre les déments, la raison perd ses droits. La force seule se fait entendre. (*S'adressant au commissaire de police et aux officiers.*) Messieurs, vous savez ce qu'il vous reste à faire.

Les tambours et les clairons sonnent la charge, tandis que le tocsin bat à toute volée. Les officiers font mettre sabre au clair et baïonnette au canon à leurs soldats. La lutte s'engage dans un corps-à-corps acharné. Plusieurs parmi les combattants tombent de part et d'autre. Enfin, les soldats du capitaine Labarbe, entraînés par le lieutenant Lebloc, grâce à une vigoureuse charge à la baïonnette, enlèvent les degrés extérieurs de l'église et obligent les catholiques à se réfugier à l'intérieur de l'édifice. Les portes se referment derrière eux.

On enlève les blessés. On fait avancer les sapeurs qui attaquent les vantaux de la porte à coups de hache, tandis que les fantassins tirent des coups de fusil sur les verrières, les brisent et s'élancent avec des échelles pour pénétrer par escalade dans l'église.

La porte est enfoncée. On aperçoit l'intérieur de l'édifice, tandis que les fidèles, hommes et femmes, luttent corps à corps pour repousser les envahisseurs; le curé et son clergé entourent l'autel pour le protéger contre les attentats.

LE LIEUTENANT LEBLOC

Il tient à la main son sabre et le brandit furieusement en s'élançant vers l'autel sur lequel repose le tabernacle. (*A ses soldats.*)

En avant, mes enfants! En avant! Soldats de la République, chassons les soldats du Pape, chassons les mercenaires de l'étranger! En fuite les ennemis de la Patrie! Mort aux étrangleurs de la liberté! Détruisons ce nid de vipères qui sèment la discorde et la haine dans le pays! Étouffons, dans leur nid, ces corbeaux qui obscurcissent, par leur vol sinistre, l'horizon lumineux du progrès! (*Montrant le tabernacle.*) Tenez, camarades, regardez cette boîte. C'est là qu'ils enferment leur fétiche. Vous allez voir comme je vais le jeter à la voirie.

Il avance le bras pour saisir le tabernacle. L'abbé Lebon le repousse vivement.

LE LIEUTENANT LEBLOC

Comment, misérable vieillard, tu oses me retenir!

Il le menace de son sabre.

LE SOUS-LIEUTENANT FRANCISQUE, *pâle de colère.*

Malheureux! Si tu touches ce prêtre, tu es mort!

LE LIEUTENANT LEBLOC

Tais-toi! Tu n'as pas à me commander. Tu es mon inférieur. Je suis en état de légitime défense, au milieu d'ennemis armés. Je frappe.

D'un coup de plat de sabre sur la tête il abat l'abbé Lebon à ses pieds ; simultanément, le sabre de Francisque retombe sur la tête de Lebloc et le renverse sur sa victime.

LE COMMISSAIRE LEFLICMANCEAU

Saisissez-le, arrêtez-le! C'est un assassin. Il a frappé. Il a tué son chef en service commandé.

Les agents de police et les gendarmes se précipitent sur Francisque, lui arrachent son épée et ses épaulettes, le ligottent et l'emmènent.

Stupeur générale.

La toile tombe.

## FIN DU PREMIER ACTE

# DEUXIÈME ACTE

# Le Crucifix

La scène représente sur le devant, le préau et, au fond, la classe des garçons de l'école communale des garçons et des filles.
La classe n'est séparée de la cour, qui la précède, que par une grande devanture vitrée, dans laquelle s'ouvre une large porte à doubles vantaux.
A travers la devanture vitrée, on voitdans la classe, les élèves, garçons et filles, groupés à droite et à gauche; au milieu, les instituteurs et institutrices.
Dans la cour, devant la porte de la classe, qui est encore fermée, le capitaine d'infanterie Labarbe cause avec le capitaine de hussards Reboul et ses deux lieutenants.

## SCÈNE PREMIÈRE

Le capitaine LABARBE, le capitaine REBOUL, le lieutenant MICHEL, le sous-lieutenant RÉMY.

LE CAPITAINE LABARBE

Il a l'air sombre et préoccupé.

J'ignore pourquoi ce préfet de malheur nous fait faire ici le pied de grue.

LE CAPITAINE REBOUL

Les opérations de l'inventaire terminées, nous devions regagner nos quartiers. Dans quel but nous retient-il ?

LE LIEUTENANT MICHEL

Comment, vous ne savez pas ? Il a peur de la grève. Oui, il n'est bruit, de tous côtés, que d'une grève sur le point d'éclater. Il a peur des paysans, furieux qu'il ait fait saccager leur église et assommer leur curé. Il a peur du mécontentement des bourgeois. Il a peur de tout et de bien autre chose encore. Il désire que nous restions ici parce que notre présence lui donne du cœur au ventre.

LE CAPITAINE LABARBE, *à Labarbe.*

Au diable le capon ! Quand, pour faire sa cour aux fichards, on fait couler le sang humain, il faut avoir le courage de ses responsabilités.

LE SOUS-LIEUTENANT RÉMY

Oserais-je vous demander, mon capitaine des nouvelles du lieutenant Lebloc qui a été blessé hier, dans le sac de l'église ? Comment va-t-il, ce matin ?

LABARBE, *bourru.*

En vérité, je ne saurais vous dire. Il est du pays. Il a demandé à être transporté chez ses parents ; de son côté, son père est venu le réclamer. J'ai accédé à leur désir. Où peut-on être mieux qu'au sein de sa famille ? Il a reçu un coup de sabre sur la tête qui lui a arraché quelques centimètres de cuir chevelu et légèrement fracturé le crâne. On n'en meurt pas.

RÉMY

J'ai été, ce matin, prendre des nouvelles du curé. On l'a transporté à l'hôpital. Un coup de sabre sur la tête, à cet âge, il a 65 ans, il pouvait y rester.

LABARBE, *brusquement*

J'espère bien que non, par exemple.

RÉMY

Il a mal passé la nuit. Beaucoup de fièvre, le délire. Mais on espère le sauver.

LABARBE

Cela prouve qu'il a la tête dure. Avoir le crâne épais est une bonne précaution pour le prêtre comme pour le soldat. Je souhaite de tout mon cœur que cela ne tourne mal pour personne. Le cas de mon pauvre Francisque en serait aggravé.

REBOUL

Le sort de Francisque vous inquiète, je le comprends. Il s'est mis dans un mauvais cas.

MICHEL

Attaque à main armée contre un supérieur, en service commandé. Blessure...

RÉMY

C'est la peine de mort.

LABARBE

Misérable que je suis ! Jamais je n'aurais dû l'entraîner ici, malgré lui. C'est moi qui suis le vrai, le seul coupable.

Hélas ! J'ai cru bien faire. J'ai eu en vue son avancement. J'ai craint, s'il ne venait pas, que celui qui l'avait déjà dénoncé, ne le dénonçât encore, ne le présentât comme un ennemi du Gouvernement, un clérical ! — Un clérical, mille fois non. Francisque un clérical ! Jamais de la vie, c'est un soldat qui ne connaît et n'aime que son métier, qui est, avant tout, dévoué à son devoir, qui n'a d'autre famille que le régiment, d'autre idéal que la gloire du drapeau. Francisque, je le jure n'est pas plus clérical que moi, et moi je n'ai jamais su, je ne sais pas encore ce que c'est qu'un clérical.

Clérical, c'est une selle à tout cheval. On la jette sur le dos du camarade dont on est jaloux pour le faire rayer du tableau d'avancement. Cela suffit, le coup est porté. Voilà un homme à la mer.

Francisque est un officier du plus grand mérite. Vous croyez peut-être que j'exagère parce que je l'aime comme un fils ! Ne m'écoutez pas, écoutez les officiers, écoutez les soldats, tous vous diront : « C'est le plus chic type du régiment. »

REBOUL

Avez-vous eu soin, dans votre rapport, de faire ressortir les circonstances atténuantes ? Car le cas est grave, je le confesse. Mais il y a des circonstances atténuantes, mordioux ! des circonstances terriblement atténuantes ! Il s'agit de les mettre en relief.

LABARBE

Mon rapport ! Je n'ai pas eu encore la force de le rédiger. Chaque fois que j'arrive à l'exposé de l'incident la plume me tombe des mains. J'ai eu la fièvre toute la nuit. J'ai envoyé une simple dépêche au colonel ; je lui narre qu'il y a eu rixe entre deux officiers de ma compagnie, qu'ils se sont battus au sabre, que l'un d'eux a été blessé.

REBOUL

Vous avez eu tort, mon ami. Pensez-vous que le préfet, le procureur de la République, le commissaire de police ne se soient pas empressés d'envoyer de longs rapports, à leurs ministres respectifs où ils ont chargé, comme à plaisir, l'infortuné sous-lieutenant ? Quelle bonne aubaine pour ces messieurs, pouvoir tomber à bras raccourcis sur un officier !

RÉMY

Sur un officier qui a pris la défense d'un curé.

REBOUL

Aujourd'hui où, pour pouvoir aller à la messe, il faut-être franc-maçon.

MICHEL

Le père Lebloc est grand dignitaire des loges. Il est délégué administratif dans le canton. L'amour paternel, enflammant la passion sectaire, vous devinez ce qu'il a dû en déballer !

LABARBE

Vous n'avez que trop raison. Je cours réparer le temps perdu. Vous m'excuserez auprès du préfet.

REBOUL

C'est entendu.

Le capitaine Labarbe sort précipitamment.

## SCÈNE II

Le capitaine REBOUL, le lieutenant MICHEL, le sous-lieutenant RÉMY. Entrent affolés, le maire PAPEGOL, l'huissier RUINART.

LE MAIRE PAPEGOL

Au larcin! Au rapt! A l'enlèvement !

REBOUL, *inquiet.*

Un enlèvement! C'est peut-être encore un coup de nos hussards. Ils n'en font pas d'autres.

RUINART

Rassurez-vous, mon capitaine, c'est mon clerc.

REBOUL

Ah! tant mieux.

PAPEGOL, *indigné.*

Pourquoi dites-vous : « Ah! tant mieux »? C'était le plus bel objet de la commune.

REBOUL

Le clerc de Monsieur était le plus bel objet de la commune? Peste! ce doit être un joli garçon!

RUINART

Il y a aussi une vierge dans l'histoire.

MICHEL

Il y a aussi une vierge dans l'histoire? je m'en doutais! Mais ce doit être une vierge légère.

PAPEGOL, *toujours indigné.*

Non, monsieur, elle était massive.

REBOUL

Massive! Ah! tant mieux...

PAPEGOL, *de plus en plus indigné.*

Pourquoi que vous dites toujours : « Ah! tant mieux » vous?

REBOUL

Parce que, si elle est massive, elle filera moins vite, on la rattrapera plus aisément.

PAPEGOL

Elle est en automobile.

MICHEL

C'est logique! Une femme légère serait partie en aéroplane.

RÉMY

Cela finira par un mariage.

PAPEGOL

Par un mariage? Vous vous moquez de moi! Ils la frapperont, ils la frapperont jusqu'à la rendre méconnaissable, de manière que si j'étais mis en sa présence, je ne puisse plus dire : c'est elle ; c'est celle que l'on m'a prise.

RÉMY

Quelle horreur !

REBOUL

Pauvre père ! Il fallait mieux garder votre fille.

PAPEGOL, *de plus en plus en colère.*

Qui vous parle de ma fille ?

REBOUL

Vous !

PAPEGOL

Moi ? jamais.

RUINART

Messieurs, ne vous fâchez pas ! Je vais vous expliquer et vous allez comprendre.

REBOUL

Ah ! tant mieux.

RUINART

Il y avait dans l'église une statue de la Vierge en argent massif. Cette statue a été descellée et enlevée dans une automobile. C'est clair.

REBOUL

Très clair.

RUINART

Ils étaient quatre hommes dans l'automobile qui l'emportait. Mon clerc et trois inconnus.

REBOUL

C'est toujours très clair.

RUINART

On suppose que les inconnus étaient des brocanteurs juifs. On ignore la route qu'ils ont prise.

REBOUL

C'est de plus en plus clair.

PAPEGOL

Comment la retrouver?

REBOUL

Ce n'est pas clair du tout.

PAPEGOL

Vous devriez envoyer vos hussards battre la campagne pour la chercher.

REBOUL

Moi, que j'emploie mes hussards à battre la campagne pour rattraper des vierges en argent ou sans argent! Je ne coupe pas là-dedans. C'est l'affaire de la police et de la gendarmerie, adressez-vous au brigadier ou au commissaire.

PAPEGOL

Les hussards courent plus vite.

REBOUL

Encore une fois, ce n'est pas mon affaire.

PAPEGOL

C'est là tout ce que vous pouvez rendre de service aux populations, vous autres soldats.

REBOUL

Je le regrette.

PAPEGOL

Fainéants !

REBOUL

Attendez ! Il y a un service que je puis vous rendre, si vous insistez, c'est de vous faire mettre au bloc.

Papegol et Ruinart se retirent.

## SCÈNE III

Le capitaine REBOUL, le lieutenant MICHEL, le sous-lieutenant RÉMY; entrent le préfet DE MÈCHE, le sous-préfet L'ÉGRILLARD et Mme L'EGRILLARD, LEBLOC et LINON, industriels.

REBOUL

Le voilà, enfin, ce cher préfet. S'est-il assez fait attendre !

Le préfet s'avance, donnant le bras à Mme l'Egrillard. Échange de saluts.

MADAME L'ÉGRILLARD, *au préfet, montrant les officiers.*

Présentez-moi ces messieurs.

DE MÈCHE

Monsieur le capitaine Reboul, le lieutenant Michel, le sous-lieutenant Rémy.

MADAME L'ÉGRILLARD

Elle quitte le bras du préfet et s'avance la main tendue, vers les officiers.

Enchantée de faire votre connaissance, messieurs. Je ne suis pas antimilitariste, moi, comme certains de ces messieurs. J'aime l'armée.

MICHEL

Rien qu'à vous voir, madame, l'armée vous le rend avec usure.

MADAME L'ÉGRILLARD

Qui a pu dire que l'uniforme était une livrée?

RÉMY

C'est quelquefois la livrée de l'amour.

MADAME L'ÉGRILLARD

Sous cette livrée, il fait de rapides conquêtes.

DE MÈCHE

Soyons graves, messieurs, les circonstances l'exigent.

Il cherche des yeux le capitaine Labarbe.

Où est le capitaine Labarbe? Je l'avais convoqué.

REBOUL

Il est au rapport.

DE MÈCHE

Il devait être ici.

MICHEL

Il est au rapport.

DE MÈCHE

Il faut le faire appeler.

RÉMY

Il est au rapport.

DE MÈCHE, *à Reboul.*

J'ai une réquisition pour lui. Je vous la remets et je vous charge, sous votre responsabilité, de la lui faire parvenir. Pour vous aussi, capitaine Reboul, j'ai une réquisition semblable. Je vous requiers tous les deux de rester ici, à mes ordres, avec vos compagnies, jusqu'à ce qu'il en soit autrement ordonné.

Ce canton, messieurs, que la Providence (*Il se reprend vivement*), le hasard semblait avoir, dans sa sagesse, prédestiné à vivre tranquille dans l'ordre et dans le travail, est agité par d'ardentes passions. La grève gronde à nos portes. La révolution mine sourdement le sol où nous posons les pieds.

LEBLOC, *s'adressant aux officiers.*

C'est la vérité. Depuis, bientôt trente ans que je suis installé dans le pays, jamais je n'ai vu les esprits aussi troublés, les ouvriers aussi exigeants, aussi enclins à la révolte.

RÉMY

Vous êtes, monsieur, si je ne me trompe, le père du camarade qui a été si malheureusement blessé dans la journée d'hier? Permettez-moi de vous demander des nouvelles de sa santé.

LEBLOC

Merci. Il a mal passé la nuit.

RÉMY

J'espère que la blessure n'est pas grave.

LEBLOC

Je l'ignore. Les médecins ne peuvent encore se prononcer. La faute est à moi. Mon tort est d'avoir cédé à ce qu'il appelait sa vocation militaire. La carrière militaire est une carrière finie où il n'y a plus à gagner que des coups dans le dos portés par un camarade.

MICHEL

Ou des délations, ce qui est plus lâche encore et plus malfaisant.

## SCÈNE IV

LES MÊMES, le Procureur de la République LATRUFFE

Latruffe s'avance vers Mme L'Égrillard, une gerbe de fleurs à la main. Au moment où il se prépare à la lui offrir, le préfet de Mèche la lui arrache brusquement et s'en empare.

DE MÈCHE, *à Latruffe.*

Halte-là, monsieur le Procureur de la République! C'est à moi que revient le privilège d'offrir des fleurs à la femme de mon subordonné hiérarchique, le premier fonctionnaire administratif de l'arrondissement. Ainsi le prescrit le protocole.

Il se tourne vers Mme l'Égrillard et, après un profond salut, il lui offre les fleurs.

Madame, permettez au plus haut représentant de l'autorité gouvernementale dans cette circonscription départementale, agissant tant en son nom personnel qu'au nom de la plus élevée autorité judiciaire de la circonscription arrondissementale, de vous offrir, comme au plus précieux joyau de l'écrin administratif, ces fleurs qui, pour jolies qu'elles puissent paraître, ne sont pas dignes de parer une beauté plus jeune encore et plus parfumée.

MADAME L'ÉGRILLARD

Mes remerciements s'élèvent d'abord vers la haute personnalité de M. le Préfet, mais ma reconnaissance n'oublie pas la flatteuse initiative de M. le Procureur de la République.

DE MÈCHE, *il s'adresse aux officiers.*

Messieurs, ayant décidé par prévoyance, gouverner c'est prévoir, de vous retenir auprès de moi, je n'ai pas voulu vous laisser en proie à l'oisiveté qui fatigue les méninges sans nourrir la substance active du cerveau.

Je vous ai convié à une cérémonie qui, dans un cadre modeste, la salle d'étude de l'école communale d'un bourg rural, constitue un symbole, le plus beau peut-être et le plus réjouissant qui puisse tenir éveillée l'attention du monde au xx^e^ siècle.

Cette école a été construite sous le règne d'un tyran,

Napoléon III, à une époque de ténèbres moyenâgeuses, en 1865 ; elle conserve encore sur ses murs les stigmates humiliantes de la superstition qui, pendant des siècles, a abêti et dégradé l'enfance dans ce pays. Ces stigmates se résument, en l'espèce, dans un crucifix cloué au mur de la salle d'étude. Ce crucifix, de cette main préfectorale que vous voyez, sans peur comme sans jactance, en présence des maîtres et des élèves assemblés, je vais l'arracher de la muraille où le despotisme impérial l'a attaché. Puis, précédé du tambour de ville, escorté des autorités municipales, suivi des dits maîtres et des dits élèves, aux yeux des populations affranchies du joug de l'obscurantisme, je le jetterai dans un tas de fumier.

REBOUL

En attendant qu'on y plante le drapeau.

DE MÈCHE

Capitaine, je fais une distinction. Certes je suis un humanitaire et un pacifiste. J'ai en horreur la guerre et les hommes de guerre. J'estime que le rôle de l'armée, à la frontière, est fini, mais, à l'intérieur, il commence. L'armée est, aujourd'hui, plus indispensable que jamais pour contenir la classe ouvrière, pour mater ses appétits sans cesse grandissants, pour réprimer ses passions révolutionnaires. A ce point de vue, j'apprécie hautement son concours, j'aime à être entouré d'elle et je la voudrais chaque jour plus grande et plus respectée.

Mais, madame et messieurs, je m'aperçois que maîtres et élèves attendent notre entrée avec une légitime impatience. Répondons à leurs vœux. Honorons-les de notre présence.

## SCÈNE V

La porte de l'École s'ouvre toute grande à quatre vantaux. Au fond, en face du spectateur, Ploubalet, le directeur, au pied de sa chaire. A droite, les garçons de l'école communale, à gauche les filles. Le préfet entre avec sa suite et se dirige vers Ploubalet.

PLOUBALET

Je suis heureux de saluer en monsieur le Préfet de Mèche, non seulement le premier fonctionnaire, mais le plus profond penseur du département.

DE MÈCHE

Le plus profond penseur ! Vous exagérez, Ploubalet.

PLOUBALET

Non, je n'exagère pas, monsieur le Préfet. Voilà trente ans que je fais la classe dans ce département, j'ai vu passer bien des préfets comme marionnettes en foire. C'étaient toujours pantins du même bois. Mais vous, monsieur de Mèche, vous êtes d'un autre calibre. Vous avez tracé votre voie et vous laisserez un sillon profond. Vous êtes le grand laïcisateur du département. Personne, avant vous, n'avait fermé, personne, après vous, ne fermera autant d'écoles, n'expulsera autant de congréganistes, ne poursuivra autant de prêtres, ne désaffectera autant d'édifices religieux. Voilà des titres qui suffisent pour immortaliser un homme.

Depuis trente ans, monsieur le Préfet, chaque soir, en fermant ma classe, je me suis demandé : « As-tu fait ton devoir de maître et de libre penseur ? As-tu fait reculer, dans les jeunes intelligences qui te sont confiées, l'obscurantisme d'un pas? As-tu effacé, dans les cerveaux, une tare de l'atavisme clérical? As-tu éteint une étoile dans le firmament de la superstition?» Je me suis répondu avec un légitime orgueil : «Oui, j'ai jeté, à pleines mains, des germes de doute, de négation et de révolte qui, avec l'âge, germeront en mépris de Dieu, en haine du prêtre, en révolte contre une société gangrénée et pourrie. »

Aussi, ce jour, qui verra arracher des murs de ce temple de la science humaine indépendante, l'emblème odieux de l'oppression séculaire des consciences, est, pour moi, un jour de triomphe.

DE MÈCHE

Nobles pensées, noblement exprimées. Mais, Ploubalet, au moment où nous sommes entrés, vous étiez en train de verser les effluves de l'enseignement sur ces jeunes plantes, avides de boire cette rosée bienfaisante. Continuez, je vous en prie, nous serons tous heureux d'entendre quelques fragments de vos leçons. Nous ne pourrons qu'en tirer grand profit.

PLOUBALET

J'étais en train de lire à ces jeunes gens, l'*Internationale*, publiée, paroles et musique, par la *Revue de l'Enseignement primaire*, dans son numéro du 11 octobre 1903. Ce numéro vient de nous être distribué par la direction du Ministère de l'Instruction publique.

DE MÈCHE

Fort bien, continuez.

PLOUBALET

Nous n'en étions encore qu'au second vers : *La raison tonne dans son cratère.* Un élève me demandait. « Qu'est-ce que la raison? » — Je lui répondais : « La raison est l'instituteur de l'entendement humain. Elle a toujours raison comme son nom l'indique, et il faut lui obéir sans raisonner. »

DE MÈCHE

Admirable.

PLOUBALET

Avez-vous d'autres questions à me poser sur ce vers?

UN ÉLÈVE

Pourquoi la raison tonne-t-elle ?

PLOUBALET

Tantôt elle tonne et tantôt elle détonne.

MICHEL

Comme l'instituteur lui-même.

PLOUBALET, *piqué.*

Oui, monsieur l'officier, quelquefois l'instituteur détonne au gré des traîneurs de sabre.

UN AUTRE ÉLÈVE

Qu'est-ce qu'un cratère, monsieur?

PLOUBALET, *embarrassé.*

Un cratère ? C'est du grec.

L'ÉLÈVE

Mais qu'est-ce que cela veut dire en grec?

PLOUBALET, *après hésitation.*

Un trombone.

DE MÈCHE, *avec surprise.*

Un trombone ?

MICHEL, *avec une assurance ironique.*

Parfaitement. Cratère veut dire en grec trombone.

DE MÈCHE, *méfiant.*

Monsieur le lieutenant sait donc le grec?

MICHEL

Je m'en pique, comme M. Ploubalet.

MADAME L'ÉGRILLARD, *minaudant.*

C'est, dit-on, une si belle langue!

MICHEL

Je m'offre, madame, à vous donner des leçons particulières.

DE MÈCHE, *sèchement.*

Soyons sérieux, messieurs. Monsieur Ploubalet, passez, je vous prie, à un autre couplet qui prête moins au marivaudage de messieurs les officiers. Evitez dans l'*Internationale*, les grivoiseries.

PLOUBALET, *piqué.*

Les autres couplets sont trop graves pour des personnes habituées à n'entendre que des propos de caserne.

LINON

Ce qu'il y a de certain, c'est qu'ils sont tous ennuyeux comme la pluie. Ce maussade cantique de la révolution nous l'entendons, du matin au soir, détonner dans les cabarets et dans les rues. Ce n'est vraiment pas la peine de payer un instituteur pour l'enseigner aux enfants.

LEBLOC

C'est aussi mon avis. C'est à ces cris, mon cher préfet, que, demain, si la grève éclate, on brisera nos vitres, on saccagera nos maisons, on incendiera nos usines, on nous lapidera dans les rues. Vraiment, il est dur pour des industriels, pour de bons républicains, pour des contribuables qui acquittent régulièrement des impôts écrasants, de voir l'école publique convertie en école de grève.

MICHEL

N'importe. Continuez, monsieur Ploubalet. Avec vos commentaires, je vous assure que cette lecture est très amusante.

PLOUBALET

A votre service, monsieur le lieutenant. Je passe à un autre couplet :

*Les rois nous saoulaient de fumée,*
*Paix entre nous, guerre aux tyrans !*
*Appliquons la grève aux armées,*
*Crosse en l'air et rompons les rangs !*
*S'ils s'obstinent ces cannibales*
*A faire de nous des héros,*
*Ils sauront bientôt que nos balles*
*Sont pour nos propres généraux.*

RÉBOUL, *indigné.*

Taisez-vous! Je me retire avec mes officiers, monsieur le Préfet. Jamais, devant moi, je ne laisserai insulter l'armée, la discipline et les généraux.

DE MÈCHE, *le retenant.*

Là, ne vous emportez pas, capitaine! (*Se tournant vers les filles.*) Nous allons interroger ces demoiselles. Cela calmera vos nerfs. Et, pour gage de paix et de conciliation, c'est Mme l'Egrillard que je vais prier de se charger de cette mission. (*S'inclinant galamment vers Mme l'Égrillard.*) Voulez-vous, madame, nous faire l'amabilité d'y consentir?

MADAME L'ÉGRILLARD

Volontiers. (*Elle se tourne vers les élèves, et s'adressant à l'une d'elles.*) Voudriez-vous, mademoiselle, nous dire quelle est, à votre avis, la femme la plus illustre de l'histoire de France?

L'ÉLÈVE

Madame Steinheil.

MADAME L'ÉGRILLARD.

Madame Steinheil! Et pourquoi?

L'ÉLÈVE

Parce que c'est celle dont les journaux parlent le plus souvent.

MADAME L'ÉGRILLARD.

Oh! Oh! mademoiselle. Ce n'est pas pour un motif avouable: Apprenez, mes enfants, qu'en dehors du chemin de la vertu il n'est pas de gloire pour la femme.

DE MÈCHE

Fleur exquise de chasteté laïque.

PLOUBALET

On voit que la pudeur de Madame s'est assise sur une large base de morale obligatoire.

MADAME L'ÉGRILLARD

Passons à un autre sujet. (*Elle s'adresse à une autre élève.*) Ma chère enfant, qu'étudiez-vous en ce moment?

L'ÉLÈVE

L'anatomie.

MADAME L'ÉGRILLARD

L'anatomie?

L'ÉLÈVE

Oui, madame, l'anatomie du corps humain.

MADAME L'ÉGRILLARD

Fi! Comment, monsieur le Préfet, vous qui passez, et à bon droit, pour un fonctionnaire d'une irréprochable moralité, permettez-vous qu'on enseigne à des jeunes filles, de moins de quinze ans, des choses dont nous ne parlons, nous autres femmes mariées, que dans des cas d'absolue nécessité et en des termes tellement voilés qu'il faut être au courant pour les comprendre?

DE MÈCHE

Je saisis, madame, l'exquise délicatesse de vos scrupules de pudeur quasi virginale et je veillerai à ce qu'il ne soit plus prononcé, désormais, dans les écoles, de mot qui puisse offusquer la chasteté! Vous entendez, Ploubalet, mes instructions sur ce point? Elles sont formelles.

PLOUBALET.

C'est bien simple, monsieur le Préfet. On coupera le morceau *Anatomie* dans le programme.

DE MÈCHE

Allons décrocher le manitou.

Il montre le crucifix attaché au mur au-dessus de la chaire.

Cette opération libératoire ramènera un équilibre plus stable dans les courants contraires des passions agitées.

Il s'approche du crucifix. Tout le monde le suit et l'entoure. Au moment où il saisit les pieds du Christ, le crucifix s'abat brusquement et tombe sur la tête du sous-préfet.

L'ÉGRILLARD

Aïe! Aïe! Aïe! J'ai la tête cassée.

Pendant qu'il crie, tous s'empressent autour de lui.

DE MÈCHE, *sévèrement à Ploubalet.*

Ploubalet, comment ce crucifix s'est-il abattu dès que je l'ai touché?

PLOUBALET

A l'avance, j'avais limé les clous, afin d'épargner de la peine à monsieur le Préfet.

DE MÈCHE

Imprudent! Il aurait pu me tomber sur la tête. Songez s'il avait blessé, grièvement, peut-être, le chef de l'administration départementale! Quelle catastrophe! Heureusement qu'il n'a atteint qu'un sous-préfet de 3e classe. Il n'y a que demi-mal.

La toile tombe.

## ACTE TROISIÈME

# L'Expulsion

La scène représente un chemin vicinal au sortir du village. Ce chemin est planté de peupliers, entre les peupliers quelques buissons espacés.

A droite, un mur vermoulu, c'est le mur du cimetière; plus loin et au fond, un tas de paille, de tessons de bouteilles, de briques cassées, c'est la voirie communale.

A gauche, un grand bâtiment dont la porte unique et toutes les fenêtres sont closes, c'est l'ancienne école libre dont les sœurs ont été expulsées.

### SCÈNE I

Lucie PAPEGOL; elle est d'abord seule et s'avance en regardant autour d'elle avec inquiétude. Robert LINON débouche de l'autre côté du chemin, en face d'elle.

LUCIE PAPEGOL

Ah! vous voilà Robert! Que je suis heureuse de vous rencontrer!

ROBERT LINON

A quelle bonne fortune dois-je la faveur d'un accueil si flatteur? Vous ne m'y avez pas habitué, belle ennemie.

LUCIE

Grand fat! N'allez pas supposer que c'est pour vos beaux yeux. J'étais seule par les chemins et j'avais grand'peur, je l'avoue, dans ce lieu désert. Je craignais la rencontre d'ouvriers, qui, à cette heure, sortent de leurs cabarets où ils passent la nuit à boire, à pérorer et à s'exciter à la grève, ou de soldats désœuvrés, ou de gens de police qui me causent plus grande frayeur encore que tous les autres.

ROBERT LINON

Peut-on vous demander, mademoiselle, où vous alliez ainsi, seulette, à cette heure presque indue, au risque, vous l'avouez, de vous heurter à des soldats en goguette, à des ouvriers pochards ou à des policiers en quête de mauvais coups?

LUCIE

J'allais faire une commission pour mère Philomèle.

ROBERT

Elle est toujours malade cette pauvre mère?

LUCIE

Depuis que ses classes ont été fermées, ses élèves dispersées et jetées dans la rue, elle s'est alitée et n'a plus pu se relever. Sa santé décline. Nous l'avons accueillie sous notre toit; le préfet voulait qu'elle fût chassée de la commune, expulsée comme une vagabonde, comme une voleuse de ce pays où elle a passé tant d'années, où elle a fait tant de bien, où elle a consacré sa vie entière à l'éducation de l'enfance et au soulagement de la misère.

ROBERT

Cela crie vengeance! Non de tels crimes ne demeureront pas impunis. Il n'est pas possible que le châtiment ne s'abatte pas sur la tête de ces misérables.

LUCIE

Il a fallu que papa se fâchât pour qu'elle ne fût pas arrachée mourante de son lit par les gendarmes, conduite de force à la gare, comme une condamnée, et expédiée à la maison-mère où elle ne serait pas arrivée vivante. Aujourd'hui, encore, je tremble pour elle plus que je n'ose l'avouer. La présence de ce méchant préfet dans la commune me fait peur. Je crains qu'il n'essaye encore de lui faire du mal.

ROBERT

Le gredin! Si jamais, je l'attrape, je lui administrerai une raclée dont il se souviendra.

LUCIE

Pas de folie, je t'en prie, mon gros Robin!

ROBERT

C'est trop d'horreurs! J'en deviens fou. Mon pauvre Francisque! Voilà, maintenant, qu'ils disent qu'il sera condamné à mort.

LUCIE

Condamné à mort! Francisque! Malheureux, qu'est-ce que tu dis-là? Mon Dieu! Mon Dieu! ta sœur en mourrait! Adèle, ma chère Adèle! Quelle souffrance pour toi! que de coups nous frappent à la fois! Non, on n'a jamais vu des gens si malheureux!

Elle se met à pleurer.

ROBERT

Ne pleure pas, ma Luciole adorée, ne pleure pas, je t'en supplie. Il nous faut conserver notre courage pour secourir nos amis malheureux.

LUCIE

Tu as raison, Robin, je le vois nous avons de grands devoirs à remplir. Ne perdons pas notre temps. Exécutons la commission dont mère Philomèle m'a chargée. Il vaut mieux qu'on ne nous voit pas.

ROBERT

Quelle est donc cette mission mystérieuse?

LUCIE

Il s'agit de retrouver un crucifix qui a été jeté dans ce tas de fumier que tu vois là-bas et de le rapporter à mère Philomèle.

ROBERT

Un crucifix dans un tas de fumier!

LUCIE

Comment, tu ne sais pas? Hier, en grande cérémonie, ils ont arraché le crucifix de l'école publique et ils l'ont jeté à la voirie. Ce crucifix appartient à sœur Philomèle. Jadis, quand, avant la loi de laïcisation, elle faisait les fonctions d'institutrice communale, elle l'avait suspendu, au-dessus de sa chaire, dans la salle de classe. Quand elle a été forcée de quitter l'école, elle a laissé son crucifix à grand regret. Elle pensait qu'il porterait bonheur aux enfants en leur rappelant le Dieu qui est mort pour eux. Maintenant elle souhaite ardemment le ravoir et le soustraire à de nouveaux outrages.

ROBERT

Allons vite!

*Ils vont au tas de fumier et y retrouvent le crucifix qui vient d'y être jeté.*

LUCIE

*Elle saisit vivement le crucifix qu'elle baise à plusieurs reprises.*

O mon Sauveur! O mon doux Jésus! Que je suis heureuse de te retrouver! Que je t'embrasse, que je t'embrasse encore pour te venger des avanies dont on t'abreuve!

ROBERT

Laisse-moi le baiser aussi. Tant de fois, je me suis agenouillé et j'ai prié devant lui. Souvent, à côté de toi, t'en souviens-tu Lucie? Nous étions enfants, nous nous aimions déjà.

LUCIE

Agenouillons-nous, encore une fois, devant lui, Robert. Plus que jamais nous avons besoin de sa divine intercession. Prions-le pour la mère Philomèle, prions-le pour Francisque, prions-le pour Adèle. Depuis la fatale nouvelle que tu m'as annoncée, j'ai toujours l'image d'Adèle devant les yeux. Une angoisse terrible étreint mon cœur. Elle ne lui survivra pas.

ROBERT

Aussi il ne mourra pas. Je ne le permettrai pas, dussé-je me jeter au milieu de ses bourreaux et les égorger tous.

LUCIE

Ne crie pas si haut, Robert ; si on t'entendait, on t'arrêterait, l'on te mettrait en prison. Nous serions séparés ! (*Pleurant.*) Je ne veux pas qu'on nous sépare. Si tu savais comme je souffre ! Je ne vois plus autour de moi que larmes et désolation, misères et douleurs inconsolables. Je ne veux pas que tu me quittes. Jure-moi sur ce crucifix, Robert, que tu ne me quitteras jamais !

ROBERT

Comment te ferais-je ce serment, Lucie ? C'est impossible.

LUCIE

Impossible ?

ROBERT

Comment pourrais-je rester dans ce pays et qu'y ferais-je ? Je voulais me faire soldat. Soldat, pour violer des sanctuaires, expulser des religieuses, chasser les curés de leurs presbytères ou tirer sur des ouvriers désarmés, mes frères? Soldat, pour entendre impunément insulter mes chefs et mon drapeau? Allez, allez malheureux fous, exposez-vous aux dangers, aux souffrances, à la mort et quand, au prix de vos sueurs, au prix de votre sang, vous aurez péniblement conquis un grade; sur la délation du premier mouchard venu, vous serez cassés, vous serez brisés sans pitié et expulsés de l'armée comme des chiens.

Mon père est ruiné. Si cette grève néfaste éclate, et maintenant, depuis l'arrivée du préfet et des soldats elle est devenue inévitable, son désastre est complet. Où irais-je? Que deviendrais-je?

Entrer dans leurs administrations, passer employé ou fonctionnaire, me placer sous la férule des Juifs et des francs-maçons pour être humilié et bafoué par eux, tenu à l'écart comme un pestiféré, privé d'avancement et définitivement chassé, si je confesse ma foi, et, si je suis assez lâche et hypocrite pour cacher mes sentiments, ne devoir les éloges de mes chefs qu'à la bassesse de mon caractère et payer chacune de mes promotions, d'un parjure!

Non, jamais! Mieux vaut l'exil. Je m'évaderai de ce pays qui est devenu une prison pour les catholiques. Je quitterai cette terre de France autrefois la terre de l'honneur chevaleresque et de la foi et où l'air n'est plus respirable pour les honnêtes gens. J'irai n'importe où, car il n'est pas de pays au monde où la liberté et la dignité humaines ne soient mieux respectées qu'ici.

LUCIE, *avec force.*

Non, vous ne vous envolerez pas, mon joli linot. Je veux vous garder en dépit de tous et en dépit de vous-même. Nous ne sommes pas encore si pauvres que vous croyez, et, si nous sommes pauvres, eh bien ! nous travaillerons. On peut encore gagner sa vie et être heureux en travaillant sur cette terre de France. Je vous ferai une cage en si fort treillis que vous ne pourrez pas vous sauver, méchant Robin des bois. En dépit des gendarmes et des préfets, vous y chanterez, oiseau farouche, vous y chanterez pour la mère et la petite couvée. Je cacherai notre nid si bien qu'ils ne sauront pas le découvrir et, s'ils vous traquent, je vous apporterai la becquée dans mes mains.

ROBERT, *un peu radouci.*

Il est certain que ce serait une jolie mangeoire et j'y becqueterai volontiers.

## SCÈNE II

Robert LINON, Lucie PAPEGOL, LEFLICMANCEAU, *commissaire.*

Leflicmanceau a cherché vainement le crucifix dans le tas de fumier, il l'aperçoit entre les mains de Lucie Papegol et se précipite pour le reprendre.

LEFLICMANCEAU

Ah ! voilà les maraudeurs qui ont dérobé le crucifix. M. le préfet veut qu'il reste exposé sur le tas de fumier pour l'édification des populations. (*S'adressant à Lucie Papegol.*) Vous n'êtes pas gênée, la belle ! Qui donc vous a permis de toucher à cet objet ? Remettez-le de suite où vous l'avez pris, ou je vous dresse procès-verbal et je vous fiche au bloc comme une voleuse.

LUCIE

Je ne puis pas, monsieur le commissaire. Il appartient à une amie et je dois le rapporter à sa propriétaire.

LEFLICMANCEAU

Ta, ta, ta. Je me fiche de ton amie, la petite. Remets ton bon dieu sur le fumier où il doit pourrir, ou, gare à toi!

Il avance le bras pour saisir le crucifix. Robert Linon se jette brusquement entre Lucie Papegol et le commissaire.

ROBERT

Misérable! Si tu touches mademoiselle, je t'assène, sur ton mufle de vache le plus vigoureux coup de poing qui ait été jamais donné.

LEFLICMANCEAU, *haussant les épaules.*

Toi, voyou!

Robert Linon lui lance en pleine figure un coup de poing qui l'envoie rouler dans le fumier.
Leflicmanceau se relève péniblement, la figure souillée de sang et le corps couvert de boue.

LEFLICMANCEAU

A moi! A l'aide! à l'assassin! Ici brigadier, ici gendarmes, ici soldats!

## SCÈNE III

Les Mêmes; entrent une douzaine d'ouvriers.
Les ouvriers reconnaissent aussitôt le commissaire.

PREMIER OUVRIER

Tiens, c'est le commissaire! Il a un gnon sur la trogne tout de même.

DEUXIÈME OUVRIER

C'est toi qui nous espionnes dans nos réunions!

TROISIÈME OUVRIER

C'est toi qui fais des rapports contre nous et fais fiche les pères de famille en prison!

QUATRIÈME OUVRIER

Tète de cochon!

CINQUIÈME OUVRIER

Type de mouchard!

SIXIÈME OUVRIER

Sale vache!

SEPTIÈME OUVRIER

Fainéant!

HUITIÈME OUVRIER

Je vais te régler ton compte!

NEUVIÈME OUVRIER

Tu vas recevoir ta fiche à ton tour!

Les ouvriers se ruent sur Leflicmanceau pour le cogner. Dès le début de la scène, Robert et Lucie se sont retirés.

## SCÈNE IV

Les Mêmes; entre le Procureur de la République LATRUFFE, escorté de deux gendarmes.

LATRUFFE

Courage, Leflicmanceau! Tiens bon, ami! Nous arrivons à la rescousse.

Les gendarmes s'élancent. Collision. Leflicmanceau est dégagé, mais les ouvriers se retirent en menaçant de lancer des pierres contre le Procureur de la République et les gendarmes n'osent poursuivre.

## SCÈNE V

LES MÊMES, moins les ouvriers.

LATRUFFE

Mon pauvre Leflicmanceau! on t'a mal accommodé. Te voilà en piteux état. Tu seras vengé, je le jure, à moins d'ordre contraire de la Chancellerie. En ce cas, je t'en avertis, je ferme les yeux. Je suis habitué à cela. Ne rien permettre aux uns, laisser tout faire aux autres, c'est, aujourd'hui, la devise de la Justice. Voyons, conte-nous ton cas que je dresse mon réquisitoire de flagrant délit. Ce sont ces ouvriers qui t'ont frappé?

LEFLICMANCEAU

Il appuye sur son nez son mouchoir ensanglanté et parle très difficilement.

Non, non.

LATRUFFE

Comment, non! Je les ai vus en arrivant. Ce sont eux.

LEFLICMANCEAU

Non, non.

LATRUFFE

Encore une fois, comment non! Je les ai vus, de mes propres yeux vus. (*Il se tourne vers les gendarmes.*) Ces messieurs les ont vus comme moi.

LES GENDARMES

Oui, nous les avons vus. Ils étaient douze. Nous les connaissons et nous avons leur signalement.

Pendant que les gendarmes parlent, Mme L'Egrillard s'est glissée sur la scène. Elle se tient cachée aux gendarmes derrière un buisson. De là, elle fait des signes à Latruffe. Celui-ci les aperçoit et y répond.

LATRUFFE

C'est bien, gendarmes, vous avez leur signalement. Cela suffit. (*Montrant Leflicmanceau.*) Emmenez cet homme. Il perd son sang. Faites-le soigner chez le pharmacien. Laissez-moi. J'ai besoin d'être seul pour rédiger mon réquisitoire.

## SCÈNE VI

Le Procureur de la République LATRUFFE, Madame L'ÉGRILLARD.

LATRUFFE

Vous voilà, chère dame! Jamais je ne vous vis si belle. Vous êtes rayonnante de jeunesse et de santé. Vos joues sont fraîches comme la rosée du matin. Vos yeux lancent des éclairs dont le feu pénètre jusqu'à la moelle des os et fait passer un frisson de désir dans les chairs.

MADAME L'ÉGRILLARD

Vieux débauché, vous me comblez de compliments pour faire oublier vos torts.

LATRUFFE

Des torts? Puis-je avoir péché contre la reine de mes pensées !

MADAME L'ÉGRILLARD

Vous avez oublié notre rendez-vous. A l'heure fixée, j'étais à l'endroit indiqué. Personne. Je vous ai cherché et c'est le bruit de la rixe qui m'a amenée ici. Sans quoi, je vous chercherais toujours. Avouez que ce n'est pas galant.

LATRUFFE

Excusez, belle dame. J'étais au rendez-vous, quand des cris désespérés, au secours! m'ont appelé ici. C'était un de mes agents qui, assailli par douze ouvriers, succombait sous le nombre. J'ai dû requérir les gendarmes pour le dégager. Actuellement, les agresseurs sont en fuite et rien ne fait plus obstacle à nos plaisirs.

MADAME L'ÉGRILLARD

J'ai eu toutes les peines du monde à me sauver du chevet de mon mari. Il a toujours la tête enveloppée des bandages jaunes que lui a mis hier le pharmacien. Il se plaint énormément. Il a le moral frappé. Il dit que le doigt de Dieu s'est appesanti sur lui et que cela lui portera malheur.

LATRUFFE

Superstition ridicule.

MADAME L'ÉGRILLARD

Je ne suis pas calotine; mais, croyez-moi, mon cher Latruffe, il ne faut trop braver ni Dieu ni le Diable.

LATRUFFE

Comment penserais-je au créateur, quand je suis absorbé, tout entier, dans la contemplation de la plus belle des créatures ! Les instants que je puis dérober aux affaires sont rares, profitons de celui-ci.

MADAME L'ÉGRILLARD

Je ne suis pas portée au plaisir ce matin. J'ai de noirs pressentiments. Le pays est sens dessus dessous. On respire une atmosphère de sourdes colères.

LATRUFFE

Oubliez vos pressentiments, trésor de mon cœur, et pensez à mes sentiments si vifs, si constants, si dignes d'être récompensés.

MADAME L'ÉGRILLARD

Homme étrange ! Tout à l'heure, je me suis essoufflée à courir après vous, tandis que vous couriez après les gendarmes. Maintenant vous ne me laissez pas le temps de respirer.

LATRUFFE

On peut nous troubler d'un moment à l'autre.

MADAME L'ÉGRILLARD

Pas en plein champ, j'espère, comme votre ex-garde des sceaux.

LATRUFFE

J'ai tout prévu. Ces locaux où était installée l'école libre sont vacants. Personne n'y habite. Les scellés sont apposés sur les volets de toutes les fenêtres et sur l'unique porte. En vertu de mon pouvoir discrétionnaire de chef du parquet, je fais sauter les scellés de la porte, sous prétexte d'une perquisition à faire. Nous entrons, nous nous enfermons en toute sécurité et, quand la conversation est terminée, je remets les scellés, en vertu du même pouvoir discrétionnaire.

MADAME L'ÉGRILLARD

Adorable ! Comme vous vous entendez, vous autres magistrats, à cambrioler les immeubles ! Quel apache vous seriez, si vous n'étiez Procureur de la République !

LATRUFFE

Au fond, les aptitudes sont les mêmes. J'ai toujours sur moi des appareils de cambriolage.

Latruffe fait sauter les scellés. Avec un passe-partout, il ouvre la serrure. Il fait entrer Mme L'Egrillard, entre lui-même et referme la porte derrière lui.

## SCÈNE VII

LEFLICMANCEAU, un emplâtre sur le nez; il est escorté de deux gendarmes.

LEFLICMANCEAU

Je vais faire, pour le Procureur de la République, le relevé de l'endroit où j'ai été victime du guet-apens. Vous, gendarmes, restez ici, prêts à me porter main-forte. (*Il s'arrête devant la porte de l'ancienne école libre.*) Qu'est-ce que j'aperçois? Regardez, gendarmes, regardez cette porte ! On vient de faire sauter les scellés.

LES DEUX GENDARMES

On vient de faire sauter les scellés, c'est évident.

LEFLICMANCEAU

Grosse affaire ! Je cours prévenir M. le Préfet. Il va jubiler. Vous, restez ici pour garder la porte ; surtout ne laissez entrer ni sortir personne. Evitez de faire du bruit.

## SCÈNE VIII

Les Deux Gendarmes

PREMIER GENDARME

Grosse affaire ! comme dit M. le Commissaire. Reconstitution clandestine de congrégation dissoute, école ouverte sans autorisation administrative et tout le tralala ! Grosse affaire ! Elle ira, pour sûr, en police correctionnelle. On va les saler les sœurs, je ne te dis que ça, mon fiston !

SECOND GENDARME

Pourtant, on dit dans le pays que ce sont de braves filles et qu'elles font du bien à tout le monde. On n'entend que l'éloge de leur charité.

PREMIER GENDARME

Ce n'est pas notre affaire. Notre affaire, c'est d'observer la consigne. Qu'est-ce que j'entends ?

Les tambours battent, les clairons sonnent. Rumeurs de voix, bruits de pas qui s'approchent.

Dans quelques instants, tout le village va être ici.

## SCÈNE IX

Les Mêmes. Entrent le préfet de MÈCHE, suivi du commissaire LEFLICMANCEAU, des agents de police et des gendarmes, le maire PAPEGOL escorté de ses adjoints et du conseil municipal, l'instituteur PLOUBALET avec les élèves de l'école communale, hommes, femmes et enfants.

Le capitaine Labarbe à la tête de sa compagnie d'infanterie baïonnette au canon, le capitaine Reboul à la tète de sa compagnie de hussards, sabre au clair, ferment le cortège qui s'avance avec solennité.

Le préfet commande aux gendarmes de faire former le cercle autour de lui et à l'appariteur communal de battre trois fois de sa caisse.

DE MÈCHE

Citoyennes, citoyens et vous, chers enfants, écoutez-moi! Vous allez assister à une scène édifiante entre toutes, qui constituera pour vous une leçon de haute moralité et qui se gravera dans vos cœurs pour ne s'en effacer jamais. Là, dans cet immeuble, un attentat inouï se consomme en ce moment contre la République, contre les lois, contre la société laïque. Cet attentat se commet en plein xx$^{e}$ siècle, dans le département que j'administre, dans une commune où je suis en personne. Oui, derrière cette porte, la congrégation opère à ma barbe, c'est-à-dire, à la barbe même de M. Fallières, notre vénéré Président, que je personnifie comme la plus haute autorité gouvernementale dans la circonscription.

Je vais entrer dans cet antre où s'est réinstallée la superstition un moment triomphante et je ramènerai, devant vous tous assemblés, les coupables quels qu'ils soient, car il faut que le châtiment soit public et exemplaire.

Rassurez-vous, néanmoins. Je saurai être compatissant pour de pauvres femmes que vous connaissez, que vous aimez peut-être, et qui sont, dans cette affaire, plus victimes encore que coupables. Malheureuses créatures, elles sont forcées d'obéir à des maîtres impitoyables. Aussi ce n'est pas elles que vous allez voir sortir de cette école, couvertes de honte et d'ignominie, chassées par les crosses des fusils des gendarmes, c'est le Pape et toute la congrégation Romaine, le Pape, venu en France pour braver la République et ses lois.

*Le préfet et les gendarmes entrent dans les bâtiments de l'ancienne école libre.*

## SCÈNE X

LES MÊMES, moins le préfet et les gendarmes.

UN PAYSAN

Qu'est-ce qui va donc sortir de cette porte? Je donnerais plus de dix centimes pour le savoir. Ce n'est pas sœur Philomèle, elle est malade dans son lit. Ce n'est pas sœur Dorothée, elle est auprès du fils Lebloc qui a la tête fendue. Ce n'est pas sœur Béatrice, elle est auprès de la fille Linon qui se meurt de ce qu'on va couper le cou à son fiancé. Qu'est-ce qui peut bien sortir de là?

SECOND PAYSAN

Imbécile! T'es donc sourd? Le préfet te l'a dit. C'est le Pape avec toute la congrégation.

TROISIÈME PAYSAN

Le Pape lui-même.

UNE FEMME

Ah! que je suis contente! Quel bonheur! J'étais si curieuse de voir un pape. Je ne céderais ma place pour rien au monde. Je lui ferai bénir mon chapelet.

PLOUBALET, *dédaigneusement.*

Ce n'est pas un fameux pape celui que vous allez voir là. Ce n'est qu'un curé de campagne. Il n'a pas la grosse capacité de Léon XIII. Tant s'en faut.

TROISIÈME PAYSAN

Que voulez-vous, monsieur Ploubalet! Tout le monde ne peut pas être aussi gros que ce M. Léon dont vous nous parlez. Mais, gros ou maigre, un pape est toujours un pape. On ne voit pas un pape dans toutes les communes de France. Les communes voisines vont joliment bisquer.

Les femmes du village arrivent en foule avec leurs chapelets et se rangent sur le passage pour les faire bénir.

## SCÈNE XI

Le préfet, le procureur de la République et Mme L'Egrillard sortent de la porte de l'ex-école libre en se disputant violemment. Les gendarmes suivent à distance respectueuse. Ils ont l'air consterné.

Les Mêmes plus de MÈCHE, LATRUFFE et Mme L'ÉGRILLARD.

DE MÈCHE

Comment, vous, monsieur, vous le Procureur de la République, vous donnez un pareil exemple aux populations? Et, avec qui? Avec la femme du premier fonctionnaire de l'arrondissement. Quel coup pour un supérieur hiérarchique qui se pique d'une haute moralité comme moi! Que devient la discipline administrative? Dans ma longue et, je crois pouvoir le dire, glorieuse carrière, je n'ai rien vu de pareil. Avec des femmes d'employés quelquefois, je ne dis pas, cela ne tire pas à conséquence, avec une femme de fonctionnaire jamais!

J'en ai fini avec l'homme public, je me tourne vers l'homme privé et je te dis : « Latruffe, toi, mon camarade, tu me joues un tour pareil! Je n'aurais pas cru cela de toi. Tu es un misérable! »

LATRUFFE, *ricanant*.

Tais-toi, imbécile! Faut-il en avoir une couche pour faire un scandale pareil! Vois les bonnes gens qui nous entourent. Ils nous regardent d'un air hébété. Ils n'ont encore rien deviné. Sauvons-nous avant qu'ils aient compris.

DE MÈCHE, *plus bas*.

Un adultère!

LATRUFFE

Eh bien! Un adultère. Crois-tu que les préfets aient seuls le droit d'en commettre des adultères sous ce régime?

DE MÈCHE.

Je me plaindrai au garde des sceaux.

LATRUFFE

Tu le feras se tordre de rire, à moins qu'il ne croit à une allusion blessante à d'anciennes histoires d'un de ses prédécesseurs. Il me donnera de l'avancement pour ma discrétion de m'être tenu dans un lieu clos et couvert ; tous ne l'ont pas fait parmi mes supérieurs hiérarchiques.

MADAME L'ÉGRILLARD, *s'adressant au préfet avec véhémence.*

Tu es fou, Alfred, de faire tout ce potin ! Va ! Quand nous serons seuls, quelles giffles je te donnerai !

Le capitaine Reboul, le capitaine Labarbe et les autres officiers s'approchent en corps du préfet.

LE CAPITAINE REBOUL

En vérité, monsieur le Préfet, ce n'était pas la peine de nous faire sonner trompettes et tambours et rassembler nos hommes pour assister à un pareil spectacle. C'est manquer de respect à l'armée. (*Il se tourne vers les soldats*) :

Camarades, demi-tour à gauche et rompez les rangs !

Les soldats rompent les rangs et se mêlent au peuple. Le peuple comprend alors ce dont il s'agit. Cris, sifflets, huées, vociférations, charivari général.

La toile tombe.

# ACTE QUATRIÈME

# La Grève

La scène se passe dans le cabaret d'Aspic. Grande salle rectangulaire au rez-de-chaussée. Au fond, en face la porte, le comptoir.

Les tables sont disposées de manière à faire face au mur du fond à droite. Contre ce mur est adossée une sorte de tribune formée avec deux étages de tables superposées. Sur les tables du premier étage sont placées deux chaises.

## SCÈNE PREMIÈRE

ASPIC, Joséphine et Julie ASPIC, ses filles.

Aspic trône, assis à son comptoir, Joséphine et Julie disposent des porte-allumettes en faïence sur les tables.

ASPIC

Allons, mesdemoiselles, dépêchons-nous ! L'heure de la réunion approche. Vous le savez, les clients arrivent tous en même temps et n'aiment pas à attendre.

JOSÉPHINE (*Elle range les porte-allumettes sur les tables.*)

Dis-donc, papa, tu ne devrais pas avoir de gros porte-allumettes, en faïence! Quand on les lance, ils cassent les têtes.

ASPIC

Plus souvent! Quand les têtes sont cassées, ce n'est pas moi qui ai à les remplacer. Quand les porte-allumettes se brisent, le remplacement est à ma charge.

JULIE

Ils vont se disputer. Les uns voudront la grève, les autres ne la voudront pas.

ASPIC

Aujourd'hui, ce ne sera encore rien. C'est demain, quand viendra le délégué de la Confédération générale du Travail, que cela chauffera.

JOSÉPHINE

Et, après-demain, le député.

ASPIC

Sois tranquille, le député ne viendra pas.

JULIE

Pourquoi, papa?

ASPIC

Parce que c'est un Q. M.

JOSÉPHINE

Mais c'est un socialiste unifié.

ASPIC

Unifié ou non unifié, il ne viendra pas. S'il montrait sa trogne, c'est pour le coup que mes porte-allumettes siffleraient dans les airs.

JULIE

Je voudrais qu'il n'y eût jamais de grèves, tant elles me font peur.

ASPIC

Tais-toi, petite sotte! Les grèves peuvent ruiner l'industrie, je ne dis pas, mais elles font marcher le commerce des marchands de vin. C'est pour cela qu'elles ne finiront pas.

## SCÈNE II

LES MÊMES. Ouvriers qui entrent en foule et remplissent la salle.

LE PRÉSIDENT DU SYNDICAT ROUGE, *il s'approche du comptoir avec ses camarades.*

Allons, père Aspic, commence par nous servir une tournée et du bon. Nous sommes tous ici de bons zigs, pas de fainéants parmi nous, de francs-maçons ou de délateurs, tous révolutionnaires, tous affiliés à la Confédération du Travail, tous pour la grève générale et pour la propagande par le fait, tous pour faire sauter la société capitaliste les quatre fers en l'air. Mort aux vaches! mort aux bourgeois! voilà notre mot d'ordre.

ASPIC, *tandis qu'il verse à boire aux ouvriers et que ceux-ci vident leurs verres.*

Il me semble que vous appartenez tous à l'usine Lebloc?

LE PRÉSIDENT

Oui, nous sommes tous de la cambuse à Lebloc. Ceux de l'usine Linon sont des jaunes, ils ne veulent pas marcher. Nous avons rompu commerce avec eux. Quand nous aurons proclamé la grève, s'ils renâclent, s'ils font les capons et les fainéants, tant pis pour eux, nous leur casserons la tête.

LES OUVRIERS

C'est cela. Bien dit. Bravo!

Ils vont prendre place devant les tables. Le Président monte à la tribune.

LE PRÉSIDENT

J'ouvre la séance et je donne la parole à celui qui la demandera.

LE PREMIER OUVRIER

Je demande la parole.

LE PRÉSIDENT

Tu as la parole.

PREMIER OUVRIER, *il monte à la tribune.*

Camarades, voilà des mois que nous discutons. Nous nous sommes creusé la tête à agiter la question sous toutes ses faces. Assez causé, maintenant, le temps est venu d'agir.

Il faut dire si, oui ou non, nous voulons faire grève. Une fois que nous aurons décidé, il ne sera plus temps de se lamenter, de crier, de pleurer, de se désoler sur nos souffrances personnelles ou sur celles, plus cruelles encore, de nos femmes et de nos enfants.

Nous sommes libres de ne pas quitter l'usine. Quand nous l'aurons quittée, aucun de nous ne devra y remettre les pieds, aucun ne devra consentir à travailler chez lui pour le patron.

Jusqu'à ce que nous ayons obtenu pleine et entière satisfaction, jusqu'à ce qu'il ait été fait droit à nos griefs, nous ne céderons pas. Nous le jurons tous ici solennellement.

TOUS

Nous le jurons !

PREMIER OUVRIER

Malheur à qui manquerait à la foi jurée !

TOUS

Malheur !

PREMIER OUVRIER

Avant donc de faire ce pas décisif et irréparable, examinons, camarades, si nous nous trouvons acculés à une situation telle que nous ne puissions l'endurer plus longtemps ni pour nous, ni pour nos familles qui vivent de notre labeur et qui souffrent de nos privations. Recherchons, encore une fois, si nos griefs sont fondés, si nos revendications sont légitimes.

LES OUVRIERS

Toutes, elles sont justes.

PREMIER OUVRIER

Pas d'emballement, camarades. Restons de sang-froid. Je ne souhaite pas surprendre vos suffrages. Je ne suis ni un orateur, ni un tribun. Je ne veux pas devenir député en faisant des promesses avant le scrutin pour les renier le lendemain.

LES OUVRIERS

Bravo!

PREMIER OUVRIER

Pesons le pour et le contre. Ce n'est qu'après avoir analysé les faits, que nous pourrons nous prononcer en pleine connaissance de cause et en pleine sécurité de conscience. Soyons impartiaux pour tous, même pour le patron, surtout pour le patron.

UN OUVRIER

C'est comme cela qu'il faut être.

PREMIER OUVRIER

Voici les faits. Le salaire était de 3 fr. 50 par jour. C'était peu. Avec les chômages, les maladies, les retenues et amendes pour malfaçons, vous savez s'il était possible de joindre les deux bouts. Pour le père de famille, l'existence était précaire. Les dettes s'accumulaient et les notes restaient impayées chez le boulanger.

LES OUVRIERS

C'est la vérité.

PREMIER OUVRIER

Nous souffrions, nous nous privions de tout, même du nécessaire. Nous entendions les femmes et les enfants se plaindre autour de nous. Ils criaient la faim, les pauvres petits. Nous leur imposions silence et nous nous taisions nous-mêmes.

Cependant, le patron s'enrichissait. Sa fortune grandissait sans cesse. Il y a trente ans, quand il est venu dans le pays, il n'avait pas le sou, il n'avait que des dettes. Il s'est fait commanditer par des banquiers israélites. Bientôt, il s'est bâti des châteaux, acheté des fermes, des chevaux, des équipages, des automobiles. Ses salons sont plus somptueux que ceux d'un roi, on ne s'y asseoit que sur des meubles d'or. Les glaces sont si grandes que l'on s'y voit de la tête aux pieds. Chez lui, il y a trois pianos, un piano pour madame, un piano pour mademoiselle sa fille, un piano pour monsieur son fils. Au prix d'une seule des toilettes de madame, on ferait vivre, dans l'aisance, des familles d'ouvriers pendant des années.

Les affaires marchaient alors, les gains grossissaient, chaque jour, les bénéfices s'ajoutaient aux bénéfices. C'était une marée qui paraissait devoir monter, monter toujours.

A ce moment, le patron a-t-il pensé à faire profiter de tout cet or qu'il jetait par les fenêtres, ces ouvriers qui crevaient de faim à ses côtés? A-t-il songé à prélever sur ce luxe insensé un peu de bien-être pour les hommes dont les sueurs quotidiennes l'enrichissaient? Y a-t-il pensé un seul instant? Dites? Répondez?

LES OUVRIERS

Non, non! Honte à lui!

PREMIER OUVRIER

Aujourd'hui, les affaires vont moins bien, dit-il. Le rendement n'est plus le même. Va-t-il diminuer son luxe? Va-t-il arrêter l'accumulation des millions qui font éclater son coffre-fort? — Ah! vous ne le connaissez pas, mes enfants! Il va réduire votre paye. Il va rogner sur votre pain journalier. Il va récupérer les moins-values dont il se plaint sur votre salaire de famine.

Les cris et vociférations interrompent l'orateur.

LES OUVRIERS

Nous ne le permettrons pas! Plutôt la mort! La grève, la grève à outrance! A la lanterne l'exploiteur du peuple!

Tumulte prolongé.

PREMIER OUVRIER, *il essaye de dominer le tumulte.*

Camarades, écoutez-moi...

LES OUVRIERS, *de toutes parts.*

Non, c'est inutile. Nous voulons la grève, la grève, la grève! Votons la grève!

Le Président du Syndicat se prépare à mettre la grève aux voix, quand un ouvrier demande la parole.

SECOND OUVRIER

Je demande la parole!

LE PRÉSIDENT

Tu as la parole.

SECOND OUVRIER

Je ne contredis rien de ce que vient d'exposer le camarade. Tout est vrai. Mais je crois qu'avant de voter la grève, qui va nous causer tant de misères et de pertes au pays...

*Cris : Hou! Hou! La grève, la grève!*

SECOND OUVRIER

Avant de voter la grève, il serait bon d'entendre le patron.

Il descend de la tribune.

*Cris nombreux : Non, non! Mort au patron! La grève, la grève!*

PREMIER OUVRIER, *il remonte à la tribune.*

Camarades, un peu de silence, je vous en prie. Vous allez voter la grève, c'est entendu. Mais, auparavant, écoutez-moi une minute. Le camarade a raison. Tout à fait raison. Il ne faut négliger aucune voie de conciliation. Il ne faut mettre aucun tort de notre côté. Qu'est-ce que cela vous coûte d'entendre le patron? Il expliquera sa conduite, s'il le peut. Cela ne fera de mal à personne. S'il demeure irréductible, eh bien! nous serons aussi irréductibles que lui.

LE PRÉSIDENT

On pourrait envoyer chez le patron une délégation pour discuter, une dernière fois avec lui, nos conditions. La délégation viendrait ensuite nous apporter sa réponse.

VOIX NOMBREUSES

Non, non. Pas de délégation. Qu'il vienne ici discuter avec nous tous ou pas de conversation.

LE PRÉSIDENT

On pourrait alors envoyer trois de nos camarades lui demander s'il veut venir s'expliquer avec l'assemblée générale du syndicat, et, s'il y consent, ils nous l'amèneraient immédiatement.

VOIX NOMBREUSES

A la bonne heure! C'est cela!

LE PRÉSIDENT

Je propose d'envoyer Jacquemin, Rumblot et Leduc.

TOUS

Accepté!

Jacquemin, Rumblot et Leduc sortent.

## SCÈNE III

Les Mêmes, moins JACQUEMIN, RUMBLOT et LEDUC. Entre un ouvrier.

L'OUVRIER

Je viens de terminer l'enquête dont vous m'aviez chargé. Je vous en apporte les résultats. Voulez-vous les entendre?

LE PRÉSIDENT

Sans doute, camarade. Montez à la tribune. Nous vous remercions et nous vous écoutons.

L'OUVRIER

J'ai parcouru tout le pays. On n'y compte que sept usines de similaires et je ne crois pas qu'il y en ait d'autres en France.

VOIX DIVERSES

Il n'y en a pas.

L'OUVRIER

De ces sept usines, deux, Boutin et Plot, avant la crise payaient à leurs ouvriers 4 francs et non 3 fr. 50. J'ai vu les patrons, ils disent qu'ils continueront à payer 4 francs.

VOIX DIVERSES

Ah ! Ah! Vous voyez bien !

L'OUVRIER

Ce sont celles qui font le plus d'affaires après celle de Lebloc qui les prime toutes. Les cinq autres, beaucoup moins importantes, ne donnaient que 3 fr. 50 comme Lebloc; comme Lebloc, elles réduisent aujourd'hui à 3 fr. 25.

LE PRÉSIDENT

Que disent les ouvriers?

L'OUVRIER

Les ouvriers des usines Boutin et Plot ne veulent pas entendre parler de se mettre en grève. Mais, par esprit de solidarité, si la grève éclate chez nous, ils promettent des secours pour les soupes syndicalistes. Les ouvriers des autres usines ne feront point le premier pas, mais, si nous prenons l'initiative, je crois qu'ils nous suivront.

PLUSIEURS OUVRIERS

Donnons l'exemple. Nous entraînerons le reste.

## SCÈNE IV

LES MÊMES. Entrent JACQUEMIN, RUMBLOT et LEDUC qu'accompagne LEBLOC.

*A la vue de Lebloc, les ouvriers se lèvent mais ils ne saluent pas. Le Président du Syndicat vient le recevoir à la porte et le précède, en le guidant jusqu'à la tribune, où il le fait monter.*

LEBLOC

Mes chers amis, vous voulez de moi des explications. Je suis prêt à vous en fournir. Mais que pourrais-je vous dire que je ne vous ai déjà dit et répété à mainte reprise?

La situation est cruelle. Cruelle, pour vous, je le confesse, plus cruelle encore pour moi, croyez-le. Les affaires ne vont plus comme elles allaient jusqu'ici. Elles vont médiocrement, elles menacent d'aller plus mal encore. La concurrence de l'Extrême-Orient, du Japon, de la Chine, de la Corée nous écrase. Leurs produits pénètrent chez nos clients à des bons marchés que nous ne pouvons atteindre à cause de la différence des salaires. Tant que les affaires ont été propices, je vous en ai fait profiter. Je vous ai payé de bonnes journées.

UN OUVRIER

Vous ne nous avez jamais donné que des salaires de famine.

LEBLOC

Aujourd'hui, il ne m'est plus possible de maintenir le taux élevé que j'avais consenti dans le but d'assurer votre bien-être. Je baisse parce que j'y suis forcé. Vous perdez, j'en conviens; la perte, quoique minime en elle-même, vous est sensible, je le déplore. Moi aussi, je perds et je perds beaucoup plus que vous. Je travaille à perte pour ne pas, en fermant mon usine, vous imposer le chômage. Je végète, dans l'espoir de jours meilleurs.

UN OUVRIER

Vous voulez nous faire supporter une part des pertes que vous alléguez, pourquoi ne pas nous avoir fait profiter d'une part des bénéfices que vous encaissiez?

LEBLOC

Le partage des bénéfices n'a jamais figuré dans nos contrats. C'est une utopie dangereuse pour tous, ouvriers et patrons.

UN AUTRE OUVRIER

Pourquoi dans les usines Boutin et Plot a-t-on toujours payé et paye-t-on encore la journée de 4 francs?

LEBLOC

Ce sont des usines fondées depuis longtemps. Elles ont amorti leur capital. Elles ont passé des marchés pour de longues périodes et ces marchés ont été conclus avant la baisse, de manière qu'elles continuent à fournir toujours sur les anciens prix. Moi, au contraire, je suis obligé de verser, chaque année, de grosses sommes pour l'amortissement des capitaux, j'attends les commandes qui ne viennent pas ou je travaille sur les cours du jour, c'est-à-dire, à perte, quand elles viennent.

LE PRÉSIDENT

Voulez-vous nous montrer ces commandes et nous faire voir vos livres et votre comptabilité?

LEBLOC

Jamais de la vie! Ce sont les secrets de l'industriel. Un industriel doit garder ses secrets, sous peine de se livrer pieds et poings liés aux entreprises de ses concurrents. Faire connaître mes prix de revient? Cela serait de la folie! En défendant ainsi mes intérêts, ce sont vos intérêts mêmes que je défends. Je vous paye votre travail le plus cher que les circonstances me le permettent. Ne m'en demandez pas davantage.

LE PRÉSIDENT

Dans ce cas, il est inutile de prolonger l'entretien.

LEBLOC

J'ai exposé la situation au préfet dans tous ses détails. Il l'a comprise. Il m'a promis son appui pour maintenir l'ordre. J'attendrai patiemment que vous soyez revenus à la raison.

LE PRÉSIDENT

Il ne nous reste qu'à nous excuser de vous avoir dérangé.

Lebloc descend de la tribune. Le Président le reconduit jusqu'à la porte.

## SCÈNE V

Les Mêmes, moins LEBLOC.

LE PRÉSIDENT

C'est la grève !

LES OUVRIERS

Oui, la grève, la grève à outrance. On lui fera sauter sa cambuse à cet exploiteur du peuple. Allons nous y préparer.

Ils sortent précipitamment.

## SCÈNE VI

ASPIC, Joséphine et Julie ASPIC.

JOSÉPHINE

Dis donc, papa, la conversation s'est, en somme, passée gentiment entre patron et ouvriers. Ils ont tous été très polis. A les entendre crier : A mort! à mort! avant l'arrivée de M. Lebloc, j'ai cru qu'ils allaient l'insulter, le tuer, le saler et le manger.

JULIE

Oui, ils sont en train de s'apaiser. Il n'y aura peut-être pas de grève.

ASPIC

Vous les connaissez mal, mes enfants. Plus ils sont calmes en apparence, plus, au fond, ils sont agités. Croyez-moi, les ouvriers ragent et le patron rage aussi. Lebloc était pâle comme linge, tremblait comme une feuille et contenait mal sa colère. Vous avez vu la menace que les syndiqués ont lancé en sortant, quand ils croyaient ne pas être entendus ? A l'heure qu'il est je ne donnerais pas cher de la cambuse Lebloc ni même de la peau du patron.

## SCÈNE VII

LES MÊMES. Entrent les syndiqués jaunes, leur Président en tête.

ASPIC

Bonjour, messieurs! Vous êtes, si je ne me trompe, les ouvriers de l'usine Linon?

LE PRÉSIDENT

Pourquoi nous le demander, père Aspic? Vous nous voyez tous assez souvent pour nous connaître.

ASPIC

Je vous trouve si tranquilles.

LE PRÉSIDENT

Pourquoi ne serions-nous pas tranquilles?

ASPIC

J'avais entendu dire qu'il devait y avoir une grève générale de toutes les usines du pays.

LE PRÉSIDENT

Ah! Il doit, dites-vous, y avoir une grève générale de toutes les usines du pays?

ASPIC

Je ne dis pas cela, moi. Je l'avais vaguement entendu dire, voilà tout.

LE PRÉSIDENT

Tu dois, cependant, savoir quelque chose. Les rouges de la maison Lebloc viennent de tenir leur assemblée générale chez toi. Nous attendions patiemment que leur réunion fût finie pour entrer. Nous venons de les voir sortir. Ils avaient l'air fort en colère. Ils ont voté la grève.

ASPIC

Je ne sais pas. Je n'entends rien de ce qui se dit ici. Je ne m'occupe que de mon service.

UN OUVRIER

Tu es la prudence même, père Aspic.

UN AUTRE OUVRIER

Quand on fera ta statue, il faudra te représenter avec un cadenas sur la bouche.

LE PRÉSIDENT

En tout cas, si tu ne le sais pas, nous le savons nous. Eux-mêmes nous l'ont dit lorsqu'ils nous ont rencontrés dans la rue.

ASPIC

S'ils vous l'ont dit, c'est différent. Alors vous ne marchez pas avec eux?

LE PRÉSIDENT

Nous ne marchons pas avec eux.

ASPIC

Pour sûr, c'est malheureux. Il va y avoir des rixes et des coups et du sang versé. Oui, du sang versé, je vous le dis, moi! Pourquoi ne marchez-vous pas avec eux?

LE PRÉSIDENT

Parce que ce n'est pas notre idée.

ASPIC

Vous êtes les maîtres. Mais, d'habitude, on marche toujours avec les camarades pour éviter les divisions entre gens du même métier. Pourquoi ne vous unissez-vous pas aux autres?

LE PRÉSIDENT

Ils veulent la grève et nous ne la voulons pas.

ASPIC

C'est une raison. Pourquoi donc ne voulez-vous pas la grève?

LE PRÉSIDENT

La grève ruine l'ouvrier comme le patron, elle ne laisse derrière elle que la misère et la faim. Elle sème la division entre ouvriers, la méfiance entre l'employeur et l'employé, la rancune et la haine contre les pouvoirs publics. Elle appauvrit le pays tout entier, en désarmant l'industrie nationale dans sa lutte contre la concurrence étrangère. C'est ainsi que, dans le commerce, nous voyons journellement la camelote allemande se substituer aux produits de meilleure qualité de notre main-d'œuvre indigène. Si elle se généralisait, comme le rêvent ses partisans, ce serait la destruction et la fin de notre chère patrie. Nous ne sommes pas des antimilitaristes, nous sommes des patriotes et nous voulons la France grande et prospère.

ASPIC

Vous n'avez pas tort. Pourtant, laissez-moi vous dire, la grève est légale puisqu'elle est dans la loi. Je l'ai entendu prêcher, moi qui vous parle, et éloquemment prêcher par de grands citoyens. Je ne saurais vous redire toutes les bonnes raisons qu'ils ont données, parce que je ne suis qu'un ignorant. Bien sûr qu'ils n'avaient pas tort, eux non plus, puisqu'ils sont devenus ministres. Oui, ils sont devenus ministres, pas pour autre chose que pour avoir prêché la grève générale. La grève ne les a pas appauvris ceux-là, puisqu'ils roulent dans des automobiles de 40.000 francs et plus. Elle les a enrichis, pourquoi n'enrichirait-elle pas les autres?

LE PRÉSIDENT

Quand, pendant ton sommeil, des araignées, des sangsues et des vampires se glissent dans ton lit, grimpent sur ton corps et sucent ton sang, ces bêtes immondes s'engraissent, elles aussi, et rapidement comme tes amis les ministres, tandis que toi, tu es affaibli et tu tombes épuisé, incapable de te défendre contre leurs morsures. Ces rhéteurs que tu admires, Aspic, que tu crois aveuglément, ce sont les araignées, les sangsues, et les vampires du peuple ; ils s'engraissent de son sang et ils lui inoculent le venin de la paresse et de l'envie. Ils répandent partout la zizanie et la révolte, ils arment les citoyens les uns contre les autres. Peu leur importe le mal qu'ils font à leurs contemporains pourvu qu'ils se fassent du bien à eux-mêmes. Peu leur importe la misère du peuple pourvu qu'elle serve de marchepied à leur ambition et à leur avarice.

Nous, nous ne recherchons pour nous, ni les honneurs, ni la fortune, ni les ministères, ni les héritages de millionnaires. Nous voulons rétablir la confiance entre le patron et l'ouvrier, l'harmonie entre les classes, l'union entre tous les Français. Nous voulons que, chacun ayant accès à cette propriété qui est la condition et le corollaire de la liberté et le complément indispensable de la personnalité humaine, l'envie ne soit plus la base des rapports sociaux, mais qu'ils reposent sur l'émulation du bien, sur le noble désir de collaborer à cette prospérité publique dont chaque citoyen est un des coparticipants. C'est pour cela que d'aucuns nous nomment les propriétistes.

ASPIC

On ne peut que vous approuver de marcher dans cette voie. Vous reconnaîtrez cependant, Président, qu'il est des cas, quand le maître est trop dur, l'ouvrier trop malheureux, où il faut recourir à la grève.

LE PRÉSIDENT

Aussi je n'efface pas le droit de grève de la législation. Les cas comme ceux auxquels tu fais allusion sont rares. Combien de fois le différent s'arrangerait, si on laissait le patron et l'ouvrier discuter librement leurs intérêts réciproques devant des arbitres impartiaux. Les agitateurs s'interposent, brouillent les cartes, enveniment des rapports autrefois amicaux. Bientôt ceux qui avaient vécu, qui avaient travaillé côte à côte, pendant des années, en bonne intelligence, ne peuvent plus s'entendre, ne peuvent plus se voir et arrivent réciproquement aux pires représailles. Cependant dans la boue et dans le sang de la grève, les meneurs ramassent le mandat électoral qu'ils convoitaient.

ASPIC

Vous devez avoir raison. Vous connaissez la question mieux que moi, puisque vous êtes ouvrier et que, moi, je suis commerçant. Mais pouvez-vous me dire comment, dans votre système, vous arrivez à améliorer le sort du prolétaire?

LE PRÉSIDENT

Je vous l'ai dit, par l'accession de l'ouvrier à une part de propriété.

ASPIC

Les patrons ne voudront pas.

LE PRÉSIDENT

Nous leur prouverons que cette transformation se fera à leur profit autant qu'au nôtre, que c'est leur salut, leur unique planche de salut. L'opinion publique exercera sur eux une pression salutaire. Enfin la loi facilitera et activera les concessions nécessaires pour l'intérêt général.

UN OUVRIER

Président, je t'avertis que tu perds le temps à discuter avec Aspic. C'est un enragé.

ASPIC

Un enragé, est-il permis de s'exprimer ainsi !... Un enragé, moi qui voudrais voir tous les ouvriers, assis fraternellement autour de mes tables, passer leur journée à boire mon vin !

LE PRÉSIDENT

C'est le rêve de tous les mastroquets.

UN OUVRIER

Le paradis des pochards.

UN AUTRE OUVRIER

Verse ton vin et distribue ton saucisson gratis, tu le réaliseras.

UN TROISIÈME OUVRIER

En attendant, si nous envoyions chercher le père Linon pour voir s'il est assez raisonnable pour accepter nos propositions et si nous pouvons nous entendre avec lui ?

LE PRÉSIDENT

C'est convenu. Il va venir. Justement, je l'aperçois derrière la vitre qui attend que nous l'appelions. Ouvrez-lui.

## SCÈNE VIII

### LES MÊMES, plus LINON

LE PRÉSIDENT

Entrez, monsieur Linon. Vous avez toujours été pour nous un bon patron, parfois même un peu trop faible, cela vaut mieux que trop dur. Vous ne comptez ici que des amis, sachez-le.

LINON

Merci, mes amis. Vos paroles me réconfortent. Vous jetez un rayon de soleil dans mon cœur où la tristesse pleuvait à torrents. Hélas ! en retour de ces marques d'amitié, je n'ai pas de bonnes propositions à vous faire.

Vous savez que les autres usines du pays baissent leurs salaires. Toutes, à l'exception de deux qui sont dans des conditions spéciales, réduisent la paye journalière de 25 centimes; moi, qui ne suis pas dans une situation plus favorable que les autres, tant s'en faut, je suis obligé de suivre leur exemple. Il faut que la nécessité soit inexorable pour que je m'y résigne et c'est avec douleur que je vous le dis, car vos salaires actuels sont déjà trop faibles. Mon rêve a toujours été de les relever.

Vous savez aussi que les ouvriers de l'usine Lebloc ont voté la grève. Ceux des autres maisons les imiteront. Sans doute, vous ferez de même. Je ne vous en voudrai pas, mais je dois vous prévenir que je serai obligé de liquider, de mettre la clef sous la porte et de quitter le pays.

Dans ce désastre, ma seule consolation sera de me rappeler les assurances d'amitié qu'à mon entrée dans cette salle, votre Président m'a adressée, en votre nom, et de penser que je ne vous laisse pas un mauvais souvenir quoique je ne vous ai pas fait le bien que j'aurais voulu.

LE PRÉSIDENT

Il y a une chose dans ce que vous nous avez dit, monsieur Linon, où vous vous êtes trompé.

LINON

Laquelle ?

LE PRÉSIDENT

Nous ne voulons pas faire grève. C'est contraire à nos principes. Nous voulons vous aider à relever votre maison et à la rendre aussi prospère que du vivant de feu votre père.

LINON

Comment cela ?

LE PRÉSIDENT

Ecoutez nos propositions.

LINON

Je les écoute, non sans anxiété.

LE PRÉSIDENT

Nous vous proposons de reprendre en commun l'exploitation de votre usine, en qualité de copropriétaires avec vous. Les bénéfices seront répartis, après le paiement du loyer des capitaux engagés, au prorata de la part que chacun aura prise à l'œuvre productrice.

LINON

Malheureux! Quelle mauvaise affaire vous feriez! Vous ne connaissez pas la situation. Elle est pire que vous ne pensez. Je vais vous l'exposer en toute sincérité.

A la mort de mon père, quand j'ai pris la direction des affaires, j'ai eu foi dans un ingénieur qui m'a trompé. Sous prétexte de réaliser une invention, il m'a fait dépenser en pure perte, des sommes considérables. Les économies de mon père y ont passé et je suis resté endetté. J'ai travaillé des années pour me libérer. L'automne dernier, j'espérais faire une bonne spéculation. La matière première était à bon compte. J'ai acquis un gros stock. Survient la baisse, baisse générale, baisse désastreuse. Même sans la grève, j'étais réduit à végéter ou à fermer boutique.

LE PRÉSIDENT

Pourquoi l'industrie française ne reprendrait-elle pas le dessus sur la concurrence étrangère? Par l'énergie, par la capacité, par le savoir, par les capitaux nous ne sommes pas inférieurs à nos rivaux européens ou asiatiques, nous leur sommes même supérieurs.

Qu'est-il arrivé? Dans notre spécialité, l'industrie française n'avait pas de concurrent sérieux. Patrons et ouvriers se sont endormis dans la routine. Pourquoi un nouvel effort, disaient-ils, puisque les affaires marchent bien?

Tout à coup, les Orientaux ont introduit des modèles plus originaux, des produits plus finis, d'un goût plus exquis qui ont séduit l'acheteur par leur cachet exotique. Que fallait-il faire? Il fallait lutter. Il ne nous était pas impossible de fabriquer un objet d'un type aussi réussi et, grâce au perfectionnement de notre mécanisme, ne revenant pas plus cher. On devait se corriger, on s'est découragé.

LINON

Pour demander aux ouvriers ce nouveau coup de collier, il faudrait leur procurer un supplément d'instruction et un supplément de salaire. C'est précisément ce que l'état de ma bourse ne me permet pas de faire.

LE PRÉSIDENT

Ce que tout l'argent des patrons serait impuissant à faire, le ferme propos de l'ouvrier qui veut réussir, a la puissance de le réaliser. L'instruction supplémentaire, nous saurons l'acquérir; les heures supplémentaires se feront d'elles-mêmes, du moment que nous travaillerons pour notre propre compte et que, si notre surcroît d'effort engendre un surcroît de produit, nous en serons les bénéficiaires.

LINON

Le rendement se développera-t-il assez pour dédommager les cobénéficiaires?

LE PRÉSIDENT

Mettez en balance le rendement de la vigne que le vigneron, propriétaire, cultive lui-même, avec le rendement de la vigne que cultive le mercenaire. Il n'y a pas de comparaison. Croyez-moi, le rendement de l'outillage dont l'ouvrier sera propriétaire dépassera plus encore celui du mécanisme dont l'ouvrier n'est qu'un des ressorts, souvent aussi aveugle et indifférent que les autres.

Maintenant, monsieur Linon, vous connaissez nos propositions, les acceptez-vous?

LINON

Je les accepte. Je vais vous montrer mes livres, mes commandes, toute ma comptabilité. Je n'ai aucun secret pour vous. Si, après les avoir mûrement étudiés, vous persistez dans vos intentions, nous signerons l'acte.

LE PRÉSIDENT

C'est entendu, tope-là!

Ils se serrent la main.

ASPIC

Attendez, il y a encore beaucoup d'objections que vous n'avez pas examinées.

UN OUVRIER

Sers-nous une tournée, père Aspic, nous noierons les objections dans ton vin rouge comme toi.

La toile tombe.

## ACTE CINQUIÈME

# La Justice du Peuple

ET

# la Justice de Dieu

La scène représente un chemin vicinal. A droite, l'hôpital; près de la porte un banc de bois. Plus loin, toujours à droite et séparée de l'hôpital par un sentier, une vieille tour féodale convertie en prison. Au haut de la tour, une seule fenêtre grillée avec d'épais barreaux de fer rouillé. La fenêtre de la tour donne sur le chemin, la porte donne sur le sentier, le spectateur ne la voit pas, mais il voit la guérite du factionnaire placé devant la porte. — A gauche, une haie de noisetiers; derrière la haie, un bois. — Il est tard dans la soirée. Le soleil couchant dore le sommet de la tour et fait étinceler les vitres de la fenêtre.

### SCÈNE PREMIÈRE

Le curé LEBON, un soldat d'infanterie.

Par moments, apparaît, au coin du sentier, la sentinelle qui a été mise en faction à la porte de la prison. Elle s'avance de quelques pas sur le chemin vicinal, puis rentre dans le sentier.

Le curé et le soldat sont assis sur le banc de bois à la porte de l'hôpital. Ils causent. Tous les deux ont la tête enveloppée d'un bandage. Le soldat tient à la main un paquet de grosses clefs.

LE SOLDAT

C'est une chose étrange et que je voudrais que vous m'expliquiez, monsieur le curé.

LE CURÉ

Quoi, mon ami?

LE SOLDAT

S'il y a quelqu'un au régiment qui aime le lieutenant Francisque comme un frère et plus qu'un frère, c'est moi. Voilà que le capitaine me fait son geôlier. Moi, le geôlier d'un ami, cela ne me va pas et pourtant cela est, expliquez-moi ça?

LE CURÉ

C'est que...

LE SOLDAT

Attendez, je n'ai pas fini.

LE CURÉ

Soit.

LE SOLDAT

S'il y a quelqu'un au régiment qui aime les ouvriers, c'est moi. Je suis fils d'ouvriers, mon père était ouvrier et ma mère était ouvrière. Je m'engage pour combattre les Prussiens et l'on m'envoie contre les ouvriers, et la première blessure que je reçois, c'est un ouvrier qui me l'a fait. Expliquez-moi cela?

LE CURÉ

Sans doute...

LE SOLDAT

Attendez, je n'ai pas fini.

LE CURÉ

J'attends.

LE SOLDAT

S'il y a quelqu'un au régiment qui aille quelquefois à la messe, c'est moi. Je n'y vais pas souvent, mais quand l'occasion se présente. Ma mère était pieuse, elle m'a fait faire ma première communion et puis, que voulez-vous, c'est dans mon idée et l'on me fait cambrioler une église!

LE CURÉ

Mon pauvre ami...

LE SOLDAT

Attendez, je n'ai pas fini. Sans vous faire de reproches, monsieur le curé, comme vous êtes bavard!

LE CURÉ

Je n'ai rien dit.

LE SOLDAT

Vous interrompez toujours.

LE CURÉ

Vous me ferez signe quand vous aurez fini.

LE SOLDAT

Je veux bien. Je vous frapperai sur la jambe trois coups comme cela. (*Il frappe sur la jambe du curé.*)

LE CURÉ

Pas si fort. C'est inutile. Continuez.

LE SOLDAT

S'il y a, au régiment, quelqu'un que j'ai dans le nez, c'est le lieutenant Lebloc. (*Il s'interrompt brusquement, les yeux tournés vers la haie.*) Regardez donc, monsieur le curé !

LE CURÉ

Quoi ?

LE SOLDAT

Vous ne voyez pas cette jeune fille cachée derrière la haie ? Elle fait des signes à la sentinelle. Cet imbécile ne la voit pas. Quelle gourde !

LE CURÉ

Cela ne nous regarde pas.

LE SOLDAT

Comment, cela ne nous regarde pas ! Moi, tout ce qui regarde les jolies filles me regarde.

## SCÈNE II

Le curé LEBON, le soldat, la sentinelle, Julie ASPIC.

Julie, voyant qu'elle ne peut attirer l'attention de la sentinelle, se décide à traverser le chemin. Elle marche les yeux fixés sur la prison et ne voit pas les deux hommes assis. Elle est très préoccupée et se croyant seule se parle à haute voix.

JULIE ASPIC, *en aparté.*

Monsieur Robert Linon, vous m'avez chargée d'une drôle de commission : faire passer ce paquet à M. Francisque dans sa prison. Comment y pénétrer dans sa prison ? Vous êtes un étourneau et moi je suis plus folle encore.

Au moins, si c'était M. Alfred qui était en faction. Il est si gentil M. Alfred ! Il a tant d'esprit ! Il me tirerait d'embarras. Mais ce n'est pas M. Alfred, c'est M. Ernest. M. Ernest, je n'ai jamais causé avec lui. Me faire prendre, c'est inutile. Je m'en vais.

Pourtant, abandonner M. Francisque qui nous faisait danser quand nous n'étions encore que de petites filles ! C'est impossible.

A ce moment, la sentinelle, qui voit la jeune fille hésiter sur le chemin, se dirige vers elle.

LA SENTINELLE

Qui cherchez-vous, mademoiselle ?

JULIE ASPIC

Je cherche... je cherche...

LA SENTINELLE

Mais quoi ?

JULIE ASPIC

C'est... c'est un paquet... pour un prisonnier... pour M. Francisque.

LA SENTINELLE, *souriant.*

Si c'est pour M. Francisque, tenez, son geôlier est là, assis sur ce banc à côté du curé. C'est à lui qu'il faut vous adresser. (*La voyant hésiter.*) N'ayez pas trop peur. C'est un nouveau, il n'est pas encore endurci dans le métier de geôlier.

JULIE ASPIC

Merci bien, monsieur.

LA SENTINELLE

Au revoir, la belle.

JULIE ASPIC, *elle se dirige vers le banc.*

La présence du curé me donne de l'audace. Il aime tant Francisque ! Il me viendra en aide.

LE CURÉ, *dès qu'il la voit venir.*

Approchez, mon enfant, approchez sans crainte. Vous êtes avec des amis. Vous pouvez avoir confiance dans le camarade comme en moi-même.

LE SOLDAT

Je le crois bien, je lui ai fait ma confession.

LE CURÉ

Et vous avez mon absolution pour tout ce que vous avez fait et pour ce que vous allez faire encore.

JULIE ASPIC

Alors je dis tout. Ce paquet que je porte est pour M. Francisque. Il y a une lime et un ciseau à froid. Il faut qu'il descelle en toute hâte les barreaux de son cachot. M. Robert Linon va venir le chercher. Il aura une échelle. On dit que les gendarmes arrivent ce soir pour le prendre et que s'ils l'emmènent, c'est fini. On ne le reverra plus dans le pays. C'est pressant.

LE SOLDAT

Je te crois, la petite, que c'est pressant. (*Il saisit vivement le paquet.*) Justement que je suis serrurier de mon état.(*Il montre les barreaux de la fenêtre.*) Desceller ces barreaux, c'est un jeu pour moi. Comme cela se rencontre. (*Il frappe sur l'épaule du curé.*) Expliquez-moi cela, vous qui êtes un savant?

(Il part en courant.)

## SCÈNE II

Le curé, Julie ASPIC.

LE CURÉ

Bien travaillé, mon enfant ! Mais je suis sur le gril. Dis-moi, a-t-on fait au moins quelques préparatifs pour l'évasion ?

JULIE ASPIC

Comme je vous l'ai dit, Robert Linon va venir ; des amis sûrs apporteront une échelle derrière la baie. Il l'appliquera contre le mur. D'autres amis attendront avec une automobile, au coin du bois. Ils disent que s'ils peuvent gagner la route, ils fileront d'une telle vitesse qu'on ne les rattrapera plus. Ils ont préparé des étapes. On ne les pincera pas. Mais j'aperçois quelqu'un qui vient vers vous. Je me sauve.

## SCÈNE IV

Le curé LEBON, le capitaine LABARBE.

Le capitaine tient une lettre à la main. Il paraît très agité.

LE CAPITAINE

Bonjour, monsieur le curé. Je vous dois d'abord des excuses et, croyez-le bien, j'avais hâte de vous les faire, pour la violence qu'un de mes officiers a commise sur votre personne. J'en ai été humilié comme soldat, indigné comme homme. Je vous en demande pardon.

LE CURÉ

Les violences à ma personne ne me sont rien. Ne sommes-nous pas habitués à tout souffrir comme notre divin maitre et, comme lui, à tout pardonner? D'ailleurs, le jeune officier qui m'a frappé, a été blessé lui-même, et, dit-on, grièvement.

LE CAPITAINE

On a exagéré. La blessure est légère et la guérison prochaine.

LE CURÉ

Tant mieux.

LE CAPITAINE

J'ai aussi, comme homme, comme soldat, comme chrétien à implorer mon pardon pour une faute plus grave encore. J'ai donné aux hommes que je commandais l'ordre de violer le sanctuaire dont vous avez la garde. J'ai fait briser les portes du temple. J'ai lancé la soldatesque armée dans la maison du Seigneur. Les objets sacrés ont été profanés, le sang a souillé le marbre des autels et le prêtre a été frappé. Un remords insoutenable pèse sur mon cœur et accable mon existence. Je connais l'horreur de mon crime. Je vous en demande pardon à genoux.

Le capitaine s'agenouille devant le curé. Le curé le relève.

LE CURÉ

Relevez-vous, mon fils. Dieu est miséricordieux. Il pardonnera à ceux qui n'ont été que les instruments, parfois inconscients, toujours involontaires, du sacrilège. Chassez le remords qui vous obsède. Reprenez confiance en Dieu et en vous-même. Continuez à servir fidèlement votre pays. J'espère que, désormais, votre épée sera réservée à de plus nobles usages.

LE CAPITAINE

Mon épée, j'aurais dû la briser. Des cœurs plus haut placés que le mien ont eu le courage de faire ce sacrifice suprême. Ils l'ont réduite en pièces plutôt que de la faire tremper dans un forfait. Honneur à eux ! Pour moi, je l'avoue, je n'ai pas eu cette force.

Ah ! si vous saviez, mon pauvre curé, combien de liens intimes et profonds attachent le vieux soldat à son drapeau, quelle racine a poussé, dans notre cœur, l'amour du régiment; combien le capitaine chérit sa compagnie, ses soldats qui sont ses enfants, qui font sa joie par leur jeunesse, sa gloire par leur courage, sa consolation par leur affection ! Si vous saviez combien entendre prononcer le divorce avec cette armée, pour laquelle et par laquelle il a vécu, lui paraît plus cruel que la mort !

LE CURÉ

Je le comprends.

LE CAPITAINE

Non, vous ne pouvez pas le comprendre, il faut avoir vieilli sous le harnais. La discipline, elle nous apparaît si grande, si majestueuse dans son inflexibilité, parfois impitoyable! Elle nous en impose comme la voix du Tout-Puissant. Désobéir, quand elle parle par la bouche du chef respecté qui personnifie pour nous l'honneur et la patrie : c'est impossible. Que Dieu nous écrase, qu'il punisse des peines éternelles le crime qui nous est commandé, le soldat ne désobéira pas.

LE CURÉ

Soumettre de tels hommes à de telles épreuves! Quel crime!

LE CAPITAINE

C'est mal de vous occuper de moi, en ce moment, moi, une vieille loque d'uniforme usée, jusqu'à la corde et bonne à jeter au rebut. Quels que soient les arrêts du ciel, je les bénirai, prêt à toutes les expiations. Mais il y a une autre victime de mon malheureux sort, une victime jeune et pleine d'avenir, oui, pleine d'avenir, hier encore, et aujourd'hui, quel sort lui est réservé? Un soldat qui aurait fait l'honneur du drapeau et que j'ai précipité dans l'abîme. Il m'a suivi aveuglément, comme un fils suit son père. Il est innocent, moi seul suis coupable et c'est lui qu'attend la condamnation infamante, la mort, non sur le champ de bataille, mais par le peloton d'exécution, la mort après la dégradation!

LE CURÉ

Quoi, vraiment, la vie de Francisque est en danger?

LE CAPITAINE

La mort n'est rien pour le soldat. La mort et le déshonneur!

LE CURÉ

Tais-toi, malheureux! la mort du martyr est plus glorieuse que celle du soldat.

LE CAPITAINE

C'est moi qui ai attiré sur sa tête tous ces malheurs. Je souffre comme un damné.

Il tombe accablé sur le banc, la figure cachée dans ses mains et sanglote.

LE CURÉ *se jette à son cou.*

Ne pleure pas, vieil ingrat! C'est ainsi que tu oublies tes bienfaits? Tu ne reconnais pas le caporal Lebon à qui tu as sauvé la vie, ton ancien compagnon d'armes, ton plus intime ami?

LE CAPITAINE

Qui t'aurait reconnu sous ce nouvel uniforme.

LE CURÉ

Oui, j'ai changé d'uniforme. J'étais soldat de la France, je suis devenu soldat du Christ. Je servai Dieu en servant mon pays. Je sers mon pays en servant Dieu.

LE CAPITAINE

Pourtant, tu n'étais pas un saint.

LE CURÉ

C'est précisément parce que je me sentais entraîné loin des voies de la sainteté que j'ai voulu m'en rapprocher. J'ai encore beaucoup de chemin à faire et peu d'années à vivre. Mais tous mes efforts n'ont pas été inutiles. C'est moi qui ai formé le cœur et le caractère de ce jeune homme que tu aimes comme un fils, pour qui tu pleurais tout à l'heure. Tu as été son père adoptif dans l'armée, j'ai été son père adoptif dans la religion. Tous les deux réunis, nous le sauverons.

LE CAPITAINE

Nous le sauverons ! Tu l'espères ?

LE CURÉ

Je le jure.

LE CAPITAINE

Si tu le jures, je le crois. Tu n'as jamais menti.

LE CURÉ

Dis-moi, d'abord, ce qui t'inspire de si vives inquiétudes à son sujet ?

LE CAPITAINE

Je viens de recevoir une lettre du colonel. Il me mande qu'il est désolé, mais qu'il a vu le Ministre de la Guerre. Le Ministre est furieux. Il est décidé, coûte que coûte, à faire un exemple qui jette dans les cœurs une épouvante dont les résistances qu'il rencontre de divers côtés, lui font reconnaître la nécessité. Il lui faut la tête de Francisque, clame-t-il à tous les échos, et il l'aura. Le conseil des Ministres en a délibéré. A l'unanimité, il est d'accord avec lui. L'ordre d'informer est donné. Le conseil de guerre se réunira d'urgence et procédera sans désemparer. Dès ce soir, la gendarmerie vient enlever Francisque, le soustraire à notre garde et, de brigade en brigade, le conduire au Cherche-Midi.

LE CURÉ

Nous les devancerons. Francisque a ici un ami vaillant, résolu à le sauver à tout prix. La population le seconde plus ou moins ouvertement. Sans distinction de parti, elle se prononce en sa faveur et a horreur du crime judiciaire que l'on prépare.

LE CAPITAINE

En quoi, puis-je te servir?

LE CURÉ

Comme le plus ancien des capitaines présents, tu dois être le commandant de place.

LE CAPITAINE

Reboul est parti avec ses hussards pour protéger contre les grévistes les usines disséminées dans la campagne. A la suite du scandale que tu sais, Mme l'Egrillard est partie aussi. Elle se rend au chef-lieu, pour conduire son mari au médecin, chargé de faire disparaître les diverses protubérances qui ornent le front de ce fonctionnaire malchanceux. Naturellement le préfet et le procureur de la République ont volé sur les traces de leur nymphe. Le maire est allé à Paris, conférer avec un ancien chef de la police secrète qui s'est fait fort de retrouver la vierge d'argent. Je suis la seule autorité civile comme la seule autorité militaire.

LE CURÉ

Profitons-en. Fais garder les chemins par tes hommes et donne-leur l'ordre, dès que les gendarmes apparaîtront, de te les amener, avant qu'ils se rendent à la prison. Il faut qu'ils te fassent viser les ordres du parquet leur prescrivant de prendre possession de ton prisonnier. Il faut, toi-même, que tu dresses un procès-verbal de livraison en bonne et due forme. Tu peux les faire droguer.

LE CAPITAINE

Convenu, mon brave, c'est tout?

LE CURÉ

Attends, encore un détail. Il y a, devant la porte de cette prison, une sentinelle. C'est un brave garçon en qui j'ai confiance. Mais son apparition sur le chemin, au moment où nos amis se présenteront, peut les inquiéter ou les gêner. Tâche de faire en sorte qu'il s'éloigne, qu'il ne voie rien ou, tout au moins, soit censé n'avoir rien vu.

LE CAPITAINE

Je m'en occupe de suite.

LE CURÉ

Je vais faire avertir nos amis de l'imminence du danger.

## SCÈNE V

Le capitaine, la sentinelle.

Le capitaine s'est placé à l'entrée du sentier là où il débouche sur le chemin vicinal.

LE CAPITAINE

Hé! camarade!

LA SENTINELLE

Salut, capitaine.

LE CAPITAINE

Dis-donc, camarade? Tu fais là une faction fatigante et pénible.

LA SENTINELLE

Pénible, oui, capitaine, je vous l'avoue. Je garde un prisonnier que j'aimerais mieux voir hors de prison. Fatigante, non.

LE CAPITAINE

Si, fatigante, je sais cela mieux que toi. Tu as les jambes brisées.

LA SENTINELLE

Puisque vous le voulez, capitaine, j'ai les jambes brisées.

LE CAPITAINE

C'est bon. Maintenant, place-moi cette guérite de manière qu'elle tourne le dos au chemin vicinal.

La sentinelle place la guérite comme il lui est commandé.

LE CAPITAINE

C'est cela. Dans cette position, tu verras mieux la porte.

LA SENTINELLE

Je verrai mieux la porte, mais je ne verrai plus la fenêtre.

LE CAPITAINE

Il est inutile que tu vois la fenêtre. Cela te fatiguerait.

LA SENTINELLE

Le capitaine a bien peur de ma fatigue.

LE CAPITAINE

Ne faut-il pas que tu sois frais et dispos pour danser aux noces de ta cousine? Ne m'as-tu pas demandé une permission?

LA SENTINELLE

Si fait, capitaine.

LE CAPITAINE

Je te donne un congé de dix jours.

LA SENTINELLE

Merci, capitaine.

LE CAPITAINE

Maintenant, écoute la consigne et grave-toi la dans la mémoire. Tu vas t'asseoir au fond de cette guérite et lire ce journal. (*Il tire un journal de sa poche et le lui donne.*) Tu le liras très attentivement, pas de distraction, ne te préoccupe pas de ce qui se passe au dehors.

Si les gendarmes viennent pour te relever de faction, ou s'ils veulent pénétrer dans la prison, tu t'y opposeras. Tu leur diras que tu ne quittes la place et que tu ne laisses entrer que sur un ordre écrit de ton capitaine. C'est compris.

LA SENTINELLE

C'est fixé avec une épingle au fond de mon képi.

LE CAPITAINE

Bon. Au revoir, camarade.

## SCÈNE VI

Robert LINON, puis FRANCISQUE, puis le Curé.

ROBERT LINON

Il sort de derrière la haie, s'avance sur le chemin et s'assure qu'il n'y a personne. Puis il repasse la haie et revient avec une échelle qu'il applique sur le mur de la prison au-dessous de la fenêtre.

Jamais je n'ai été aussi ému et jamais je n'ai eu autant besoin de sang-froid. (*Il crie d'abord timidement, puis à plus haute voix.*) Francisque! Francisque! mon ami!

Pas de réponse.

Que lui est-il donc arrivé? Est-il malade? L'a-t-on enlevé?... Il est si original, il est capable de ne pas vouloir s'évader, de vouloir comparaître devant ses juges! Scrupule insensé! Ce ne sont pas des juges, ce sont des bourreaux.

Il s'élance sur l'échelle et en gravit les premiers échelons. A ce moment, les barreaux de la fenêtre se détachent silencieusement, le lieutenant Francisque apparaît sur le rebord de la fenêtre qu'il enjambe. Quand le lieutenant Francisque pose ses deux pieds sur le premier échelon, l'échelle qui n'est plus retenue par en bas, oscille et menace de basculer. Le curé accourt et la soutient des deux mains.

LE CURÉ

Courage, mes enfants, je tiens bon!

A ce moment débusque brusquement sur le chemin vicinal une troupe de grévistes.

## SCÈNE VII

LES MÊMES, plus les grévistes.

Les grévistes s'avancent silencieusement derrière le curé qui ne les voit pas. L'un se détache, et à l'improviste, il frappe le curé sur l'épaule.

LE GRÉVISTE

Dis donc, curé! c'est ainsi que tu lis ton bréviaire?

Le curé les regarde d'un air inquiet.

Aie pas peur, curé, ici tous révolutionnaires, pas mouchards!

UN AUTRE OUVRIER

Mettons que c'est l'échelle de Jacob et qu'il fait monter ses paroissiens au paradis.

TROISIÈME OUVRIER

Francisque est notre ancien camarade d'enfance, nous souhaitons son évasion.

A ce moment Robert Linon et Francisque, descendus de l'échelle, ont mis pied à terre. Le curé les embrasse, les grévistes s'avancent vers eux en leur tendant la main qu'ils serrent cordialement.

LE CURÉ

Maintenant, mes enfants, il faut se séparer, il faut partir. Le temps passe. Les gendarmes peuvent être ici d'un moment à l'autre.

A ce moment, on entend une explosion et l'horizon s'éclaire d'une lueur d'incendie. C'est l'usine Lebloc qui brûle.

UN OUVRIER, *au curé.* (*Il lui montre les clartés qui incendient le ciel.*)

Regarde, curé, c'est la justice du peuple.

LE CURÉ, *à l'ouvrier.* (*Il lui montre Francisque qui s'éloigne librement avec son ami.*)

C'est la Justice de Dieu. Elle est plus miséricordieuse.

La toile tombe.



FIN

Imprimerie Téqui et Guillonneau, 3 *bis*, rue de la Sablière, Paris.

www.ingramcontent.com/pod-product-compliance
Ingram Content Group UK Ltd.
Pitfield, Milton Keynes, MK11 3LW, UK
UKHW021105220726
13924UKWH00004B/1524